Tressaillir

DE LA MÊME AUTRICE

Avancer, *Gallimard, 2012 ; Folio, 2022*
Rome en un jour, *Gallimard, 2013 ; Folio, 2016*
Champion, *Gallimard, 2015 ; Folio, 2019*
Toutes les femmes sauf une, *Fayard, 2018 ; Le Livre de Poche, 2021*
Les Impatients, *Gallimard, 2019 ; Folio, 2020*
Feu, *Fayard, 2021 ; Le Livre de Poche, 2023*
Western, *Stock, prix de Flore 2023 ; Le Livre de Poche, 2025*

Maria Pourchet

Tressaillir

roman

Stock

Couverture : Le Petit Atelier
Photographie : © Marie Rouge

ISBN : 978-2-234-09715-5

« Être libre c'est encore tressaillir souvent
au son du cor et à la voix des hommes. »

Maurice Genevoix, *La Dernière Harde* (1938)

Le laurier et le gros olivier, trois bouteilles, les deux hortensias, une et demie, et pour le citronnier, le maximum. De l'eau dans une bouteille en plastique, plus ou moins une par pot, j'arrose à la simple flotte municipale faute d'avoir trouvé l'additif à diluer. C'est bleu, en poudre, dans le placard, dans une verrine, m'a écrit Sirius au téléphone. J'ai pensé un produit chimique avec le sucre et les nouilles, bienvenue chez les demeurés et l'ai cherché en vain.

La lavande, une bouteille, l'agapanthe et l'autre olivier, une pour deux tant pis. Restent tous les petits machins à salades en rang sur la balustrade, jeunes pousses luttant dans leurs récipients nains, absolument sous-taillées à filtrer le gaz carbonique d'un boulevard à double circulation. Devant telle faiblesse, ma bouteille hésite. Fines herbes en barquettes hors-sol à Paris, il s'agit du vivant dans sa fondamentale précarité et moi j'ai la main nucléaire. En matière de jardin, je te soigne, tu crèves. Mais enfin j'ai promis. Le basilic, la ciboulette, la menthe abreuvés, j'ai bientôt hydraté le balcon dans les temps, m'étant appliquée à respecter les quantités sans que l'eau déborde des soucoupes sous les poteries. Car ultime visée de ma vespérale tannée, épargner les vitres du troisième étage de ces traînées aqueuses et jaunasses qui font mécaniquement monter chez nous la voisine toute retournée, enragée de transparence perdue, de chiffon à recommencer tous les jours. Aussi me suis-je engagée à arroser sans déluge.

Dans l'ensemble, je promets beaucoup de choses à beaucoup de monde.

Sirius est rentré plus tôt. Je n'ai pas eu son message. Cache ta joie. Il a récupéré Lou à la danse. Embrasse-moi quand même. Alors ce nouveau dermatologue. Lou, les chaussures, la douche. Le nouveau a une idée pour mes plaques, un laboratoire suisse. J'ai arrosé. Tu as vu le rosier, la taille des boutons. Je réchauffe les lasagnes ou tu. Non très bien. Lou, les mains, les chaussons et à table. Ne te gratte pas devant la petite, tous nos tics ils les adoptent. Tu l'auras quand la pommade suisse. Le four à cent quatre-vingts degrés. L'entrepreneur passe demain à 9 heures. Tapantes. Pourquoi n'y a-t-il jamais de pain dans cette maison. Tu exagères.

Encore une heure, une heure trente de vie courante en heures pleines. Eau, électricité, gaz, manger, rincer, allumer.

Ensuite je lis et sur le balcon Sirius déambule, feignant de ne penser à rien mais bricolant quelque chose. Je le vois d'ici. Il enfonce dans chaque pot un doigt thermomètre, inspection secrète des couches terrestres effectuée chaque soir depuis disons trois semaines. Je ne suis pas encore tout à fait exercée à ne rien remarquer. Le geste, l'index et le majeur dans le substrat jamais assez humide, le geste me dégoûte à cause de l'analogie qui s'impose. Oui celle-ci. Il continue, fait escale devant chaque plante et petit mouvement d'épaule, hop, forage, trois phalanges, trois secondes.

De mon fauteuil, je crie quoi c'est pas bien, c'est mal fait ? Je dis sinon je recommence, pas de problème, sur le ton de celle qui sait mieux mais devant la connerie s'incline. Ô ce n'est pas mon genre. Mon genre va se coucher en règle générale, met de la crème sur son eczéma de contact et s'endort en scénarisant une enveloppante histoire de cul avec un type aux traits flous.

Non ce n'est pas bien, oui c'est mal fait. Il ne supporte pas de les voir crever. Ce n'est pourtant pas difficile bordel, c'est ouvrir un robinet, traverser trois fois l'appartement. Ce carnage le tue. Je suggère quelque emphase dans les termes, il répète carnage. On ne peut pas lui demander ça en plus. En plus de quoi, dis-je mais je sais. En plus de moi. En plus de l'aridité qui gagne sur d'autres fronts. Cinq cents balles de plantes pour que madame ait la nature au balcon et trouver en rentrant un tas de foin.

La nature. J'ai rien demandé, j'en ai déjà plein partout. La nature, c'est nous. Cet entêtement à croître, toujours gâché par le hasard et l'accident, ce don idiot, redoutable pour reconstruire aux endroits des sinistres et à la fin, trouver encore de l'énergie dans sa propre combustion. C'est nous.

Mais je dis faire de mon mieux avec les pots. Je propose d'aller dormir.

Il dit à l'œil nu que le citronnier n'a pas eu l'azote. C'est vrai. L'azote étant la chose en poudre, parfaitement introuvable.

— Ce n'est pas si grave, dis-je.

À ces mots malheureux, Sirius administre un geste d'humeur, concrètement une claque, à quoi lui vient sous la main. La terre cuite rapportée de Crète, qui, arrimée au garde-corps, contient l'hortensia blanc ainsi que, rapportés eux du Morbihan, les morceaux d'ardoise supposés par infusion le rendre bleu, cet hortensia. D'à peu près cinq kilos, la plantation oscille, contemple un instant les dix mètres qui la séparent du trottoir et je n'y crois pas. Mais d'une infime poussée Sirius à bout achève de balancer la fleur même pas bleue par-dessus bord.

Je bondis avant que n'explosent tant de caillasses sur le trottoir, comme si j'étais ange à pouvoir rattraper les corps en vol.

En bas, choc et émiettement. Un seul piéton, qui mesure sa chance, pétrifié en retrait du petit tas de terre, de pétales et de céramique. À trente secondes près, il en faisait partie.

L'unique témoin lève les yeux dans la nuit débutante. Il cherche à sa trouille un auteur. Et sûrement mû par certaine philosophie de l'existence, il tourne la tête et change de trottoir. Un frère.

Et Sirius, éberlué, dit tu te rends compte, Michelle. Voilà ce que tu me fais faire. Faillir tuer quelqu'un.

Et je ne dis rien.

En bas sur le bitume, ce que les gravats disent de nous s'entend.

Et qu'est-ce qu'on peut bien faire, après ça.

Je suis partie.

N'importe comment, mal. Comme à chaque fois que s'exerce contre une vie rangée le fléau qu'on appelle décision et qu'on laisse à l'autre la maison vide sur les bras.

J'ai dit je pars et, précipitant presque au hasard des choses à moi dans des sacs, j'ai quitté l'appartement.

Finir c'est bâcler.

Je suis partie sans parvenir à m'expliquer. Pour dire quoi ? À propos des fins, n'importe quelle version est un faux et je n'ai rien trouvé sur le moment. Rien d'assez fort ou d'assez clair, rien surtout qui fût à la hauteur de l'événement : défaire sa vie.

Je suis partie, c'est tout.

Non, pas c'est tout, je sais. J'ai quitté un homme, un foyer et un lieu. Personne ne part et c'est tout, ou alors c'est autre chose, des enlèvements, des gens qu'on retrouve plus tard, morts. Je suis partie comme tout le monde, sans réfléchir, secouée par l'instinct de survie dont je ne sais pas grand-chose. C'est ce sursaut mécanique ou animal, souvenir de temps fossiles et rigoureux, qu'on trouve une fois touché le fond. Fond de la tristesse, de l'ennui, fond de l'épuisement d'être à deux, de l'attente que quelque chose arrive. Ça se passe dans les genoux, dans les reins, ou dans le cerveau droit, on ne sait pas. Mais ça arrive.

À quoi ressemble ce qui désormais se pétrifie dans mon dos et le temps accompli ? Je ne sais pas. Pas décrire si vite huit ans auprès d'un homme, ou pas maintenant. Je sais qu'hier il y avait quelqu'un pour porter le nom des choses humaines dont le retrait soudain a liquidé mes forces en cinq minutes. Le nom de compagnon, le nom de soutien, le nom d'ami parfois, le nom d'écoute et le nom d'allié, le nom d'avenir et celui de permanence. Évidemment le nom ne fut pas toujours la chose. Mais c'était tant, considéré en regard de rien, murmure déjà ma fatigue à ma viscérale terreur d'être seule.

Je me fais pleuvoir des questions réalistes comme des claques. À mon âge et vu mes limites, quitter un type qui ne vous tape pas dessus relève-t-il ou non de la démence ? Invoquer sérieusement le désamour, pauvre folle, n'est-ce pas vivre dans un roman, planer ? Avoir à soi son homme sapiens et le jeter comme une ferraille, mériterais-je à nouveau la clémence de l'univers ?

Je pense mal car je pense couchée. Depuis le grand saut je demeure sur le dos, sur un lit, dans un hôtel « Bien » sur Booking. Deux mille cent quatre-vingts expériences vécues, les couples apprécient particulièrement son emplacement. Moi aussi. Le Modern rue Sedaine a pour seul intérêt d'être situé à cinquante mètres de ma précédente adresse, où reste mon enfant qui doit dormir dans son lit, qui n'est pas un paquet, qu'on ne pose pas *en attendant* au premier étage d'un bouclard juste bien sur Booking.

Personne n'y vient.

Je vis couchée ces jours d'après l'accident, retranchés et muets, qui portent un nom. L'état de choc.

Pas dormir, pas manger, pas bouger.

Une chose acide m'attaque avec méthode depuis l'heure où j'ai pensé je suis libre. Je cherche en moi un endroit encore ouvert à la tranquillité mais tout est brûlé vif.

La liberté qui me gagne est un supplice, c'est dommage. Il faut croire que femme rompue n'était pas à ma portée. Je mesure l'importance de ma structure de conjointe au cratère qu'elle ouvre en s'effondrant. Trop tard.

J'ai coupé un lien avec quelque chose d'aussi étouffant que vital et je ne suis désormais plus branchée sur rien. Ni amour, ni foi, ni médecine.

Alors bien sûr j'aurais pu mieux faire que cette précipitation hallucinée. Anticiper, épargner. Mais là d'où je viens, lignée de filles malgré tout préparées au devoir, je reste gauche dans l'art de penser à ma gueule. Partir, les femmes chez nous n'ont jamais osé, sauf une. Elle a quitté la maison, elle est morte trois ans plus tard. Ma grand-mère, sa mère à elle, y lisait d'obscures logiques ou la main de Dieu. Mamie avait établi le rapport entre mort et divorce comme ça, un jour, au gré d'un bavardage au retour du cimetière, découvrant dans un apaisement affreux la preuve funeste que les autres, les scotchées, avaient bien fait.

Les hommes oui, les hommes quitter la maison, d'accord. Et encore. Il a quitté la maison, je crois qu'il va quitter la maison, attention papa va quitter la baraque. Et quand papa aura quitté la maison on fera comment. Des mots. Menaces en carton, refrains. J'avais vu en revanche, vraiment vu, mon père déserter sans prévenir, la poussière sous les roues de sa bagnole et ma mère, après ça, manquer devenir dingue. Je n'avais pas bougé, ni ma sœur. Mon père et ma mère on les avait regardés, apathiques, se terminer, et les rosiers devant la maison n'avaient pas frémi au passage définitif de la caisse. On n'y croyait pas. Personne ne quitte en vrai la maison. Cinéma.

Un son de type alarme retentit quelque part dans la chambre et je crois m'entendre. J'aurais tout à fait pu apprendre ce cri-là en six jours.

Il s'agit cependant d'un appel de la réception. Suivant le protocole d'interaction clients, un employé me demande au téléphone si je passe un agréable séjour. En règle générale, la personne prend ensuite un instant pour renseigner les critères de satisfaction de mon séjour en enfer, à l'aide de pictogrammes que je suppose ahuris ou grognons et, comme je suis restée très floue quant au nombre de nuits, ose s'informer de la suite. Resterez-vous parmi nous jusqu'à la fin de la semaine ? Parfois c'est un autre employé, différemment formé, qui, sur un registre plus électronique, émet un doit-on prévoir une recouche ? Énoncé qui a l'avantage de faire disparaître la personne accablée au profit d'un projet de lessive, nous évitant les sensibleries et de se croire irremplaçable. Aujourd'hui au téléphone, une voix complètement inconnue. Le nouveau veut savoir si j'ai l'intention de bouger cet après-midi.

Intention. Bouger. On me parle allemand.

Dix minutes plus tard, quelqu'un d'autre me vire de la chambre qu'il faut tout de même nettoyer. Voilà pourquoi l'hôtel. Que quelqu'un m'appelle et que quelqu'un me secoue.

Du reste, il est 16 h 15, Lou va sortir. Me rendre à l'école puis en revenir constituent désormais toute ma vie active.

Pile à l'heure devant l'école, j'attrape ma fille au vol parmi d'autres canaris. Quand les portes s'ouvrent, les petits enfants semblent toujours s'évader à bout, essayer leurs membres à l'espace pour la première fois. Lou aura six ans dans l'été, elle est grande et calme, refuse que je porte son déjà pesant cartable et ça m'arrange. Désormais chaque jour avec elle je vais au square taper dans un ballon, manger des gâteaux secs, mimer l'ordinaire maternel. Ensuite, poussant la balle du square jusqu'à mon ancienne porte, stoïque et abrutie, je reconduis ma fille dans l'appartement qui fut le mien, en empruntant l'escalier. Pas croiser les voisins dans l'ascenseur, pas avec ma tronche, pas avec la leur affichant ce qu'ils en pensent et craignent pour eux-mêmes.

Lou court se boucler dans sa chambre, m'annonçant un spectacle dans l'heure. Je dois patienter.

Je patiente.

D'être entrée là je redeviens placide et normalement ventilée. Je suis chez moi comme une idiote.

Mais ce n'est plus qu'une impression, j'aurai disparu dans deux heures.

Chaque jour à partir de 16h35 et jusqu'à 18h50 je reviens faire la mère à l'endroit du trou que j'ai laissé en partant. Bien des gens pensent que rien que ça, s'infliger quotidiennement la torture de rentrer chez soi quand ça ne l'est plus, évoluer sur le lieu du sinistre en affectant la décontraction devant la gosse qui doit rejouer tous les soirs à 18h50 le départ de sa mère, rien que ça, Michelle, vaudrait le coup de voir un médecin. Les gens sont marrants. Qui ne normalise à chaque instant l'anormal, qui a mieux. Ce n'est pas maladif, c'est en attendant. Bientôt je pourrai accueillir Lou dans mon propre appartement. Notre nouvelle maison, lui dis-je, dessinant dans l'air les vastes chambres claires et la cuisine américaine qui nous espèrent quelque part tandis que je ne les cherche pas.

Une insolence de bête curieuse me porte à fouiner. Je surveille la progression de la nature qui, par horreur du vide, comblera les plaies que j'ai faites, effacera les impacts, palliera par de nouveaux bazars l'absence des objets. Mais la nature ne travaille pas beaucoup, c'est encore l'hiver chez Sirius. Dans l'entrée les deux tiers des casiers de la bibliothèque restent béants, le plaid sur le canapé du salon n'est pas remplacé ni, sur le balcon, l'hortensia suspendu. Dans le couloir la marque des deux cadres décrochés à la va-vite tache les murs de diffamants rectangles gris.

Un an plus tôt. Cet appartement, son frigo, ses horloges, ses cris. Pas les miens. Cris d'usage d'un homme sans vraie colère mais dont crier pour rien est la langue apprise. Un an plus tôt j'y suis encore, très occupée par mon existence de dame, tâchant en tout de faire mieux. Recevoir, arroser, respirer. Réussir, non. Réussir appartient aux hommes et aux années 1980, réussir j'aurais l'air d'une plouc. Moi je suis appliquée, patiente. Comme d'un autre siècle, celui des calèches, je suis lente et j'aime longtemps mes amours, mes murs. J'ai peur des éclats, du bruit des moteurs. J'ai l'instinct des lieux sûrs, mon naturel est craintif, ma mère dit bourgeois.

Un an plus tôt, à mon insu le mouvement commence.

Quitter commence par la peau. La peau part en premier. Si rompre évoque l'action instantanée, le coup sec, c'est en réalité comme toute torture qui se respecte, long, dégueulasse, épidermique.

D'abord des boutons sur le torse, des anneaux rouges et secs aux poignets et parfois rien de si évident mais à se gratter au sang. Renoncement progressif du corps à demeurer planté là. Dans un premier temps, en silence, lutter contre lui, contre cette effrayante idée de déforestation qui vient. On ne s'arrache pas ma fille. Quand on s'arrache on crève. Reste, mange, lis. Trouve des noms latins à tes égratignures. Essaie le Bepanthen pour voir.

Les murs de l'appartement subissent au même moment des fissures importantes, conséquences tardives de travaux mal menés à l'étage supérieur. Ils se gorgent d'eaux usées descendues d'on ne sait pas encore où. Moi, cette cachottière invasion liquide, je l'avais entendue venir. Littéralement entendue. L'eau en se traînant de haut en bas dans les alvéoles des briques ou les isolants émettait le son caractérisé des ruisseaux. En bien moins net évidemment, infime clochette tempérée d'une sourdine, mais je l'entendais jusqu'à la migraine, la nuit quand plus rien d'autre ne parlait que nos souffles. Et puis l'on vit des auréoles jaune pâle augmenter sur les parois.

Tout ce qui me contient, lieux et peaux, renonce et me prévient que ma place est précaire. C'est drôle.

Un dermatologue, un entrepreneur. Mais le corps insiste, de symptômes en stupéfactions. Eczéma, manches longues, dialogue de sourdes entre la couenne et la bête. La peau me quitte la première, sur les bras, sur le cou, elle chauffe et se détache. La plus sommaire des formes du vivant aveugle, le ver, comprend à la seconde ce principe irrévocable de la mue. Pas moi. Une éternité pour me voir sécher et rétrécir, déchiffrer le braille que ça forme sous mon pull. Enfouir la réponse. Dans le délire ancestral des mères, concentrer toute mon intelligence non pas à réagir mais à rester. Sans-moi-le-déluge et si je pars ils meurent. Je me gratte au sang, les ongles comme intéressés par la lave qu'ils devraient trouver en dessous.

Les murs m'imitent de mieux en mieux, ils pèlent sans tout à fait foutre le camp. L'entreprise mandatée, ne trouvant pas de solutions pérennes, mandatait un expert. Nous cherchons ensemble l'origine de l'humidité mais aussi de l'insupportable son que je suis seule à percevoir. Une ouïe de dauphin, sait-on me flatter et ne pas se fouler, et le bruit d'eau est chez moi chez lui.

Pour lui fausser compagnie, je vais travailler au café d'en bas, parfois au bar d'un petit hôtel du quartier où l'on peut jouir d'un semblant de jardin d'hiver. Travailler, je me comprends. Écrire deux phrases puis, une heure durant vécue comme dix minutes, chercher évasivement en moi-même une autre obsession que ma peau. Lire. Lire des contenus spécialisés à propos des dermatites, les avis sur des corticothérapies du moment, leur miracle. Aucun. La base. Se faire bouffer, se gratter, essayer d'arrêter avant que tout n'empire.

Et puis dans ce petit hôtel, le jardin d'hiver qui était très bien comme ça s'est vu accessoirisé d'une inutile fontaine d'ornement. Avec le son à devenir dingue, oui encore. Le ramdam de clochettes que fait l'eau en circuit continu quand elle s'écoule dans la vasque. Avec moi qui fous le camp, obligé, retour à la maison.

L'expert vient avec un ingénieur.

Je leur faisais du café, j'étais toujours là pour ouvrir et montrer aux ouvriers les dégâts de surface au salon, fissures et effritements. Je prenais des amants dans d'autres corps de métiers, songeant qu'il fallait vivre cependant, vivre à tout prix. Puisque la vie passe comme un flash.

J'avais un métier oui, je l'ai toujours, j'écris des livres pour la jeunesse. Des romans à la première personne, histoires de collège et de colonies, sur la naissance du courage et les premières amours. Mais je n'en écrivais plus, refusant les commandes au nom du temps qu'il me fallait pour vivre, me soigner, réfléchir à la suite. J'approchais de la dépendance conjugale comme ça, quand on se laisse glisser précisément pour se retenir.

Je me suis surprise à attendre le bon moment, à croire qu'il existait. J'ai cherché des phrases inclusives, nous ne pouvons plus, nous devons, asseyons-nous et parlons ; j'ai imaginé des introductions et des prières, ne crie pas, ne crie pas je t'en supplie, écoute-moi. Le temps de poursuivre une préparation mentale, de concevoir la suite, faire les choses bien. Ça n'a servi à rien.

À la fin c'est la chair qui décide.

Le mois dernier ça m'a pété dans les mains, ça leur a pété à la gueule et, selon le terme consacré, je suis partie. Partir c'est pour la galerie. En vérité, on s'arrache.

Je me suis arrachée de l'essentiel. De ma fille, de son père, corps irritant mais fraternel, âme distante mais sœur.

Et la différence entre partir et s'arracher, c'est que l'un des verbes est une boucherie.

Les derniers jours, on m'a dit d'accord à la fin, retourne dans tes forêts. Casse-toi. T'as trois jours. Trois jours c'était trois jours pour trouver une autre maison. J'ai dit impossible. L'argent, Paris, le temps, les forces, ma fille, trois jours comment faire. On m'a répondu, ravagé et soutenu par une science immonde et séculaire dont toutes cherchent encore le nom : c'est le prix de la liberté.

Quant à *tes forêts*, non, ce n'était pas une façon blessée de parler de mes parents, pour dire les ploucs ou quoi. C'était son chagrin qui appuyait où ça fait mal. Mes forêts c'est Tchernobyl, Sirius le sait. Je les contourne dans mes voyages, je les habite de mémoire triste comme une zone d'exclusion. Autour des hêtres et des ruisseaux palpite quelque chose, origine floue d'une frousse élémentaire qui m'a saisie enfant et m'a poussée dans les villes, comme la faim les animaux. De plus en plus grandes villes, où l'eau ne sait plus nous trouver, où le vent contre les immeubles renonce sans siffler. Alors même que je ne connais rien de plus beau qu'elles, ces forêts de l'Est, vraiment aucune mer, aucun livre, entendre retourne là-bas, c'est entendre crève.

— Maman on est prêts ! crie Lou quelque part dans la vie présente et décousue.

Je me suis arrachée quelquefois, auparavant, mais pour la première fois je m'arrache d'un continent. La part qui cède encore mal à ma violence, mais qui cède, est énorme. Une vie. Celle qu'on appelle de famille. Des journées, des visages, des vacances, des fatigues, des parents, des repas, des trains, des vêtements, des amis, leurs mariages, pas de serments, du courrier, des affiches, des ivresses, des théories, des gueulantes, des mensonges, l'Italie, des musées, des verres neufs, un enterrement, des calculs, pas de surprises, des layettes, des insomnies, des cris, leurs lendemains, des craintes, des animaux, des restaurants, des abonnements, des plans, des magasins, des meilleures vannes, des orgasmes, des imitations, des malentendus, des locations, des légumes, pas de folie, un sac d'école. Une version de soi-même choisie parmi d'autres une fois pour toutes et vécue comme une synthèse.

C'est fini.

Ce que je lâche et qui plonge, emporté par son poids en me projetant dans le décor, ce que je lâche était presque le tout. Et moi, le bout qui vole, je suis le reste. Jusqu'ici c'était l'inverse, c'était même joyeux. Je m'arrachais de peu et j'emportais à l'avant la part du lion, la femme à venir.

La femme à venir est très compromise. À quoi ressemblera-t-elle, difficile à entrevoir. J'imagine au mieux une version calmée de la femme actuelle, en plus amère. Avec le même sac à main, le manteau de l'année dernière parce que maintenant elle compte, la femme, pour se payer la fameuse liberté.

— Maman, viens voir !

Je rejoins Lou dans sa chambre, son monde. Il est actuellement peuplé de Sylvanians, rongeurs hauts de cinq centimètres en salopette et mocassins, qu'elle dirige dans des dramatiques familiales en deux actes – crise et dénouement – ventriloquant leurs déclarations lapidaires. Ce soir, une souris interpelle un lapin à propos du dîner de leur bébé écureuil, une fois, deux fois, puis du lapin s'élève le glapissement de la raison, c'est fini oui ! je suis au téléphone ! Et toutes les bestioles vont se coucher côte à côte, dans un gant de toilette en éponge. Rideau.

— Tu veux voir un autre épisode ?

Lui répondent quelques notes de Satie, *Le Piccadilly*. Une alarme programmée sur mon téléphone m'annonçant à 18 h 45 l'arrivée imminente de l'employée de Sirius, sorte de technologie suisse faite femme surgissant méthodiquement à 18 h 49 en hurlant coucou, juste avant de claquer une seule fois la porte pourtant rétive, d'une poussée impeccable et suffisante. L'alarme c'est Satie qui dit file. Chaque jour quand l'employée déboule dans mon vieux monde, payée pour m'en sortir et attendre seule avec Lou le retour du père, je suis déjà dans l'entrée, remise sur mon pied de guerre.

— Coucou !

J'embrasse Lou mais ce soir, elle se pend à mes manches. Nous n'avons pas suffisamment joué avec les souris et les petits lapins. Me voici sur le palier. J'entends Lou sangloter et la brave dame efficace évoquer un bain, une histoire.

Les histoires c'est moi, connasse.

Quelque chose a pris le dessus sur le réflexe malappris de déguerpir. J'ai sonné une seconde fois songeant c'est cruel, c'est n'importe quoi. Lou s'est jetée dans mes bras.

— Tu restes ?

Elle doit penser voilà c'est maintenant. Écroulement par forfait de la volonté dissidente de maman qui craque et revient. Mais non, et rebelote l'étreinte, l'odeur, le baiser, la gosse hoquetant des encore un peu et vlan la porte qui merde, qu'il faut claquer deux fois.

Voilà. C'est ça qu'on fait.

Soit dit à ceux qui n'ont jamais quitté le tableau, à ceux qui subissent et qui se demandent, à ceux qui resteront à tout prix dont je me dis à cet instant, le poing dans la bouche, qu'ils ont raison, c'est pas humain.

L'hôtel moche m'accueille avec son air embarrassé de ne savoir faire mieux, après ça, qu'une porte sans ouverture automatique.

— Bonsoir.

Le nouveau standardiste est au téléphone et me tourne le dos.

— C'est Norman à l'accueil. La VS dans la 107, checke avant qu'elle revienne, soi-disant t'as dix minutes pour faire la chambre. Étienne m'a marqué qu'elle sort entre 5 et 6 et basta.

— Elle est rentrée.

— Bonsoir madame Rivas, se retourne Norman, comment allez-vous ?

Eh bien j'éprouve désormais tous les jours une émotion toute neuve mais documentée depuis quatre cent mille ans. Tristesse de l'animal séparé du petit. C'est une tristesse raffinée, double dans sa forme, qui remplit tout, des jambes incapables à la gorge serrée, et dans le même temps vous écrase. Souveraine dans sa fonction, elle rivalise avec l'émotion maîtresse, la terreur, et annule toutes les autres dont la faim. C'est davantage une dictature qu'un état. Sous son règne, la température interne chute et bientôt à chaque mouvement, en admettant qu'on sorte en ville, on s'accompagne d'un courant d'air de soupirail que les autres perçoivent. Je vous colle un frisson, n'est-ce pas ? Et quand elle, cette tristesse affolée, atteint ses sommets, s'ouvre au plus noir du cerveau mammifère une faille éclatante et l'espace d'une seconde, une seconde seulement, je comprends toutes les femmes. Celles qui se tuent, celles qui tuent.

— Très bien merci et vous-même ?

Voilà encore pourquoi l'hôtel, pour ces phrases en l'air qui me relient au surmoi collectif. Celui qui tient le coup, qui traverse.

— C'est quoi, VS ?

Ne puis-je faire autrement que demander. On est poli mais pas sourd.

— Pardon ?

— Tout à l'heure, au téléphone, vous avez dit la VS de la 107. Vous parliez de moi.

Loin d'être une injure, VS est la contraction recontractée de Femme Voyageant Seule. Catégorie de clients parmi les moins intéressantes, la VS prend statistiquement deux fois moins de petits-déjeuners, elle consomme de manière générale peu d'extras et, se tenant traditionnellement loin du minibar, n'a que fort peu recours au service en chambre pour laver son linge ou se faire monter de l'eau bouillante, sinon jamais. La VS est en majorité radine, autonome et organisée.

La société qui m'a répertoriée enfant de cadre, puis étudiante, puis artiste-auteur, puis femme mariée, poursuit placidement, tandis que j'agonise, son travail épicier.

Grâce au standardiste, *rompre* prend ce soir un sens lisible, une couleur théorique qui manquait à tant d'amateurisme. L'embrouille se montre dans le nu d'une nomenclature. Rompre c'est rompre aveuglément mais de plein gré avec les taxinomies dominantes, les masses critiques. Sortir de la grosse case pour se déplacer tête haute vers les tantièmes aux étiquettes toujours plus ramifiées, les groupes de référence de plus en plus petits, les retranchés du nombre. Faire marge, faire sécession. Se séparer c'est de gauche, qu'on ne me fasse plus chier. Femme Voyageant Seule, autrice.

Je suis remontée. Dans la chambre, plus trace des Kleenex semés sur le sol et plane une fragrance de fleur de coton en aérosol. J'allonge mon chagrin à l'horizontale sur le matelas de loc qui bouffe mes droits d'auteur heure par heure. Ce soir-là, sur le lit, la petite plainte habituellement aphone se mue enfin en langage et je m'entends répéter qu'est-ce que je vais devenir.

Longtemps qu'est-ce-que-je-vais-devenir était un refrain étranger. J'entendais les mères, les tantes, le froisser entre leurs lèvres fines et vintage. Moi jamais je n'aurais proféré un truc pareil à voix haute, cet aveu d'incompétence à poursuivre insultant le vœu d'indépendance secrètement craché par d'encore plus vieilles dans les plis de ma jeunesse. Mais ce soir le qu'est-ce-que-je-vais-devenir est arrivé dans ma bouche comme arrive un tube, d'une minute à l'autre et c'est plusieurs fois dans la nuit à cent trente balles que ça chante. Qu'est-ce que je vais devenir, qu'est-ce que je vais devenir. Je ne dors pas. Pour dormir il faudrait pouvoir répondre à la question qui précisément me tient en éveil.

Déjà dix jours comme ça, de liberté donc, comme dirait l'autre. Je ne m'ennuie pas, j'ai une occupation énorme. La passion que je pratique depuis toujours, avant même le langage, avant la honte et l'écriture.

La peur.

Il me faut une maison, j'ai peur d'être incapable d'en trouver une, il faudra bientôt à Lou les vacances et j'ai peur de ne pouvoir en prendre, j'ai peur de ne plus savoir partir de quelque part vers ailleurs. J'ai peur de découvrir une insondable impotence. J'ai peur de regretter. J'ai peur de revenir. J'ai peur de décevoir des gens sans bien savoir qui. Je ne sors pas, tout est trop loin ou trop cher. J'ai peur de me perdre.

On tambourine à ma porte, mais joliment. Pas comme du personnel épuisé.
— Tu parlais encore toute seule ?

Blanche passait dans l'arrondissement entre un rendez-vous et la récurrente nécessité d'obtenir les nouvelles que je ne donne pas. Un peu plus vif chaque jour, le besoin s'était intensifié en croisant cette rue désormais mienne. Elle avait donc rédigé ce message que je n'avais pas vu, fait fi de mon absence de réponse et la visite de s'enquiller.

— Je préfère rester seule, dis-je, et elle entre.

On mesure sa nouvelle faiblesse au cas soudain moindre que les proches font de vos désirs. Blanche s'installe, pend sa veste au cintre libre de l'armoire sans porte en mélaminé saumon, ne veut pas m'envahir mais voudrait me voir manger, s'inquiète. Apparition de boîtes en carton chaud auréolées de graisses odorantes. Et des yaourts en bocaux, des bonbons, des fruits. Blanche nourrit le minibar comme si c'était moi bouche ouverte, elle parle, elle parle. Elle me voudrait médicamentée et raisonnable.

— Tu as pris l'air aujourd'hui ? C'est pas bon pour le moral, ma chérie, t'habiller comme ça.

Entre autres efforts de survie, la femme rompue doit s'habituer à la conversion sociale que la rupture entraîne. Je ne suis pas une femme libre, je suis une femme seule, bout de chair inepte arraché à la panse de l'homme jeté, qu'il faut désormais guider. Une diminuée. Une petite.

Elle me dévisage.

— Mais tu dors pas du tout, en fait ?

Et dans son regard épouvanté, j'aperçois le reflet de cette grimace qui prétend être moi.

Entre autres efforts de survie, la femme rompue doit s'habituer à la déformation physique que la rupture opère. Une entreprise de démolition a pris mon minuscule visage comme terrain d'exercice. Il commence à perdre par la bouche, qui s'est faite plus mince en quelques jours et se resserre aux extrémités. Le teint a viré aux pâleurs mates et uniformes du papier recyclé, le front converge vers le bas, la langue aspire peu à peu les joues. Dents, cheveux, sang, le moindre éclat capitule. Les yeux résistent, mais luisants tout seuls, ils inquiètent.

— Tu restes très jolie, s'engage mon amie dans cette très populaire conception du soutien à autrui qui consiste à réfuter tout ce qu'autrui formule. J'en ai pour une heure.

— Tu vas pas rester ici Michelle ?

Regard circulaire aux quatorze mètres carrés tapissés d'un rose décourageant, qu'elle parvient pourtant à illuminer avec tout ça, les bonbons, cet entrain crasse et un impérieux parfum à base d'agrumes et de genièvre qui fait croire à des hommes dans la pièce, avec des gin tonics. Elle ouvre les boîtes tièdes et les distribue presque joyeusement sur la couette comme au bord de la Marne, comme si c'était super, qu'on allait je sais pas. Nous peindre.

Blanche me voudrait chez elle. Il y a des manières d'être triste, des réflexes à avoir qu'elle est bien placée pour m'enseigner. S'hydrater à proportion qu'on s'empoisonne d'alcool et d'idées, prendre des bains chauds, s'étreindre, se refaire puis, refaite, visiter des appartements.

Je ne veux pas dormir chez les autres. Il demeure pénible, le souvenir de mon arrivée à Paris, nourrie à la vache enragée, reposant sur des clic-clac et laissant chaque semaine derrière moi des post-it et des brosses à dents. Si j'ai bien peur d'une chose, oui encore une, c'est du retour. Et je ne suis pas triste, Blanche, ça évolue. La tristesse dort et communique, voire écrit, elle ne se fourre pas sous les meubles, maladivement en éveil, un sursaut de frayeur substitué à chaque battement cardiaque. Je ne suis pas triste, je suis terrifiée. D'où le terrier.

Soudain, le fumet du carton mouillé se mêlant aux effluves de volailles en sauce et d'aromates asphyxiés me rappelle les plateaux dans l'avion. Dîner en famille dans l'avion nous enchantait Sirius et moi, personne ne consultait son téléphone, pétés au beaujolais industriel, on nettoyait les mêmes barquettes, jouant à deviner quel animal y était servi. Lou riait de partager pour une fois la même dînette et de la taille des couverts jetables dans les grandes mains de Sirius. Nous étions exactement ensemble. C'était une fois par an. C'était déjà ça, me souffle le vent froid qui m'a suivie de la rue à la chambre. C'était mieux avant.

Bientôt je pose la grande question, pour entendre ce que renvoie l'univers.

— Qu'est-ce que je vais devenir ?

— Mieux.

Le pire est selon Blanche derrière moi ainsi que le plus dur. Lui gueulait comme un putois, moi j'allais voir ailleurs, j'ai eu raison.

Elle me surestime. Comme si partir c'était raisonner. J'ai tout niqué Blanche, point. Elle me demande alors de m'accrocher au mythe de l'échec enrichissant. À savoir qu'on gagne beaucoup à perdre, il faut simplement patienter pour savoir combien.

— T'avais pas un rendez-vous hier ? feint-elle de se renseigner. Pour le film ?

J'avais rendez-vous en effet, mais hier j'étais comme aujourd'hui en position mi-fœtale mi-finale dans la chambre, préférant bouffer la clé qu'en sortir avant l'heure de l'école. Mais au même moment, en ville, m'attendait une productrice de films d'animation susceptible de me confier la rédaction d'un script et qui ne reçut rien, pas même un mot d'excuse. Non je n'ai pas appelé, non. Pas avec cette voix brisée, Blanche, cette haleine de cataclysme. De toute façon, Blanche est au fait. La personne l'avait appelée elle, afin de ne point reprendre date et lui faire une leçon. Politesse, engagement, toutes ces conneries désormais d'un autre âge.

Outre l'amitié, Blanche exerce auprès de moi la proxénète fonction d'agent, fonction qui s'est parfois presque justifiée par la vente de mes albums les moins impopulaires. Blanche est attachée de presse initialement, mais douée d'un flair commercial enragé et polyglotte que je me suis attachée pour 5 % de ce qu'elle négocie pour moi. Concentré de civilisation occidentale, si impeccable qu'elle semble produire en tous lieux mondains une version retouchée d'elle-même, Blanche est capable d'une vulgarité de soudard quand il s'agit d'argent. Les gens paniquent, surtout les hommes, et acceptent ces conditions pour qu'elle arrête. De mon côté, je travaille en temps masqué. C'est-à-dire approximativement mais très vite, tout en faisant en parallèle une autre chose, elle-même tarifée. Quand j'étais en mesure de travailler nous étions l'une pour l'autre une assez bonne affaire.

Blanche se déplace vers la salle de bains afin de remplir les verres au robinet et revient en versant de l'eau partout. Tiens, ça la fait penser, rien à voir. Elle a eu un appel, un truc marrant.

Je couche les oreilles. L'introduction du terme *marrant* annonce toujours un bond dans l'absurde ou le tragique.

Un lycée du Grand Est entend me confier tous frais payés la coordination d'un atelier de *creative writing* au trimestre prochain. Et Blanche, pourtant réputée pour la précision de ses facultés mentales, d'évoquer le potentiel réparateur des séjours en ces provinces pluvieuses et vert kaki qu'on met dix-sept ans à quitter. Et c'est moi la folle.

Mon amie et mentor oppose à mes soupirs la brièveté de la mission et surtout un salaire inespéré pour ce type de prestation, sur lequel elle abandonne sa commission au vu de la. De la comment dire.

— De la merde ?

Du contexte économique adverse dans lequel je me suis fourrée. Attention aux mots ma chérie, tu n'es pas dans la merde mais en transition. Bref, au sein de l'établissement concerné, le groupe scolaire Saint-Antoine, un enseignant a jugé que le.

— Saint-Antoine ?

— Parfaitement. Saint-Antoine, patron des objets perdus, ça commence bien.

Selon l'enseignant donc, le *young adult* reste le seul format littéraire susceptible d'éveiller la curiosité du jeune pour peu que l'intervenante y mette du sien. Blanche a regardé la photo de profil dont s'ornait le 07 du professeur invitant. De trois quarts profil et tout en poils, jeux d'ombres et montures de lunettes, il est difficile à noter, mais on devine un je-ne-sais-quoi qui vaut selon elle le trajet, surtout quand on n'a rien de mieux à faire.

Pour expliquer le job, Blanche, il faut l'avoir compris. Si j'étais en mesure de comprendre ce que je fais, je le ferais plus souvent. Quant à revenir pour des ménages dans son propre lycée, à l'endroit même où l'on s'était rêvée ailleurs triomphante et vengée, ce n'est pas du travail mais du masochisme.

— T'es fatiguée Michelle. Tu ne vois pas la charge positive.

Mon amie née à Sartrouville fonde son enthousiasme sur l'idée fofolle qu'elle s'est fabriquée des régions forestières. Si pour d'autres, à force de joggeuses incendiées, chasseurs abattus et promeneurs déterrés, la forêt c'est Marseille, pour Blanche c'est forain. Une expérience tout à la fois Tupperware, sportive et merveilleuse : au pied de chênes toujours feuillus, on déjeune en toutes saisons sur la mousse, ne serait-ce que pour donner un but à d'innombrables balades en VTT. Après quoi, repus de fromages affinés, laissant remonter sa foncière culture médiévale, on déchiffrera pour s'amuser les oracles inscrits dans la disposition circulaire des champignons.

Aussi le prof de français est un messager, rien de moins. Et pour que l'univers ose une proposition aussi risible sur le papier, le déplacement doit me réserver une séquence sensationnelle et signifiante. Blanche ne sait même pas ce que je fous encore là.

— Mais n'en parlons plus dit-elle, retrouvant ses esprits. C'est trop tôt.

— C'est trop tard. Si j'avais dû être prof de français dans le Grand Est, on ne se serait jamais connues.

Sujet clos, j'ai dit non et elle a entendu. Elle est contente. C'est très bien un non, c'est un début. Non c'est l'espoir, la vitalité, l'avenir. Dire non à quelque chose, c'est réserver un oui à quelque chose de mieux.

Elle n'a pas pu lire autant d'âneries, ça doit être inné.

Tout en parlant elle m'envoie simultanément des SMS comme on introduirait des parenthèses. Il s'agit en rafale d'une annonce de T3 parue chez

Century 21, puis de la confirmation d'un rendez-vous à l'agence immobilière, puis d'un émoji étoile.

— C'est à quarante minutes de l'école de Lou.

— Pas en métro, Michelle.

— C'est trop cher.

— Faut tout tenter, qu'elle délire tandis qu'arrivent sur mon téléphone le nom d'un thérapeute, puis un émoji cœur, puis un lien Doctolib ouvrant sur un rendez-vous jeudi à 14 h 50, tout près.

— Mais t'as rien mangé Biche… On va devoir te forcer ?

On c'est le bon sens. Biche c'est moi. C'est dit.

Ceux qui m'ont connue en forêt m'appellent Biche depuis longtemps, d'autres ici les ont copiés. Blanche, qui pense que les diminutifs diminuent, ne les imite qu'à bout d'arguments. Et tous, ils parlent trop.

Ça va aller Michelle.

Ça ira toujours quelque part, je m'en doute.

Tu vas refaire ta vie.

Ainsi ma vie est défaite au grand jour, on me le rappelle aussi souvent que possible. Les ruines ne se remonteront pas toutes seules en château, je vais devoir suer. Mais refaire avec quels muscles ? Ceux-là ?

Ça va aller.

Vers quoi ? Moins. Moins de temps, moins d'illusions, moins d'espoir, moins d'œstrogènes. Et comment refaire une vie qui ait suffisamment de sens pour justifier d'en vivre la moitié sans le seul enfant que j'aurai jamais. Où, chez qui, par quel voyage, trouver assez d'intensité pour combler la part manquante. Alors qu'est-ce que refaire, qu'est-ce qu'aller ? Revenir ? Revenir n'existe pas. Je suis partie. Il n'y a plus nulle part. On dit couler ses vaisseaux, brûler la terre, on sait bien.

Il ne faut pas voir les choses comme ça Michelle.

Voir. Mais je vous parle de sentir, de manquer d'air et d'envie. Je vous parle d'une maladie : je crois avoir pour vivre besoin de ce que j'ai quitté.

Ça passera Michelle. Ça va aller, en boucle et parfois même en anglais.

Cela ira vers le bas. Nous sommes pour la plupart des cours d'eau.

Déjà vois un avocat, ça commence par là.

Ah bon ? Je me vois chez un avocat, tiens, poussée à prononcer des horreurs à propos de Sirius. Je vois se dessiner devant, sonné par ceux dont c'est le métier, un combat qu'on perdra tous les deux sans que pourtant il se termine, retardant d'autant de rounds la liberté et la mystérieuse insouciance dont parlent les initiés. Moi je voudrais maintenant marcher au hasard des villes d'Europe, connaître mes amis, adopter des chats, ne plus jamais m'expliquer. Pas cogner, pas demander.

C'est important de se défendre.

Contre quoi ? Et je me suis déjà défendue, je suis partie. Se défendre encore c'est risquer de gagner à nouveau, dans une lutte à force à mort. Qui fait ça, qui insiste ?

Mais tu l'aimes encore ?

Et ce qu'ils disent à la fin, fatigués, touchant le fond de leur pitié toujours un peu satisfaite, voue ma détresse à la miséricorde d'un inconnu : tu vas retrouver quelqu'un.

Alors réapparaît l'horreur qui à seize ans me clouait déjà à la tapisserie. Chercher un garçon. Attendre que l'un me choisisse en jouant celle qui décide et se haïr pour ça en plus du reste. Et il faudrait retrouver. À nouveau prendre cette cambrure de guetteuse. Les regarder passer, imaginant la place qui leur reste, ce qu'ils ont encore ou non à donner, n'en trouver aucun d'assez neuf, d'assez vaste. Se surprendre sur le marché de la troisième main à trier les pas finis des pas nets, songer mon Dieu je pourrais terminer avec un type pareil. Car à mon âge, quand on retrouve, c'est pour commencer à finir.

N'importe quoi.

Tu vois tout en noir, ça va passer.

T'as fait un choix, t'as fait un choix.

Je voudrais quelqu'un pour me l'avouer, la vérité. Michelle, on ne s'habitue pas à l'étrangeté de cette existence. Le choix qu'on fait en quittant, c'est la vie intranquille. Alors je pourrais cesser d'essayer.

Je me souviens comment vingt ans plus tôt on conjuguait pour moi le verbe aller. Elle ira loin.

Elle est là.

Tu es allée voir quelqu'un ?

Chevelure noire dissipée, tee-shirt monochrome, tennis et jean trop court, bien trop jeune pour la mission analytique qu'il prétend commercialiser, le psychiatre ressemble furieusement à un patient. En face de son bureau, le fauteuil réservé aux visiteurs est à roulettes, ce qui me déconcerte sans vraiment m'intéresser. Je m'y pose, exténuée.

– Alors ?

Alors j'avais dit le minimum au téléphone sans avouer le caractère contraint de ma visite. Elle sera brève, je viens pour faire plaisir à quelqu'un.

– Ah !

Le plaisir. Voici d'après le Dr Zaccaria une notion 1) engageante, et 2) sûrement la bonne piste dès lors que ma gueule lui laisse supposer que ce n'est pas la joie. J'ai très bien fait de venir, je suis au bon endroit.

Il sourit beaucoup trop. Je vérifie ce qu'il peut bien apercevoir derrière mon siège, supposant quelque hilarant dessin sur le mur. Mais non, c'est pour moi.

— Comment vous sentez-vous actuellement, madame.

Il vérifie.

— Madame Rivas ?

— Vieille.

— C'est-à-dire ?

J'ai depuis quelques jours un passé. Je pensais l'avoir depuis un moment, vingt-cinq ans minimum, mais je confondais. Avec une région verte et noire, avec mes cheveux courts et des garçons vite faits, avec des problèmes de fric et des gens que je ne vois plus. Une friche où s'égaraient des chats perdus, ma mère, l'école, la forêt, apprendre à nager, apprendre à lire, le corps troué de l'adolescence, la jeunesse ratée, les amours tristes, les doux, les endurants, démissionner, enfanter. Je pensais avoir vécu, évasivement, mais vécu.

En réalité, le passé vient d'arriver.

Le passé s'installe à l'instant où on exécute la décision d'en finir avec ce qui ne s'appelle déjà plus une existence. Qui s'appelle un temps. Puisqu'il en précède un autre dont on ne sait rien. Qui pourrait tout aussi bien m'engloutir. L'opération est d'une intense brutalité, docteur.

Mais je n'ai pas suffisamment retrouvé la parole et l'énergie pour lui déballer tous mes cartons. Je ne sais pas quoi dire ou pas comment. Il n'entend rien et ne voit, tassée sur le fauteuil à roulettes, que la fille coite et fatiguée, incapable de conjuguer le verbe au secours.

— Je ne dors pas, dis-je enfin, je fais de l'insomnie.
— Vous voulez dire de la veille ?
— Si vous voulez.
— Et ça marche ?
— Quoi ?
— On veille pour prévenir le danger, se sécuriser. Soi ou les autres. Veilleur de nuit. Ça marche ou pas ?
— Rien ne marche.

Puis c'est son tour. Pour commencer je ne suis pas ce que je me vantais d'être au téléphone. À savoir en dépression.
— Ça se voit à l'œil nu ?
— Vous êtes très sensible à la rassurance par exemple. Ça marche tout de suite. Comme tous les gens morts de trouille. Le dépressif, essayez, rien ne le réconforte.

Joie inattendue d'être si vite démasquée par la science et que la science ne s'affole pas. Je souris. Vous voyez, me sourit-il aussi mais sans triomphe évidemment. Toute l'humilité de sa mission tient à savoir qu'il ne fait rien. C'est le patient qui travaille.

— J'ai peur. Exactement. J'ai peur.

Je répète j'ai peur et je sens le verrou dans ma bouche s'ouvrir et sauter. Sans être sous hypnose, je fais l'objet d'une technique c'est certain. Penser à chercher sur Google.

— De quoi avez-vous si peur ?

— Un seul truc ?

— Ou plusieurs. Mais la peur n'a souvent qu'un seul objet.

Les mots et les idées en vol éparpillé allaient comme d'habitude s'abattre en une phrase implacable et stérile. Mais une autre parole a fondu juste avant sur mes lèvres.

— D'être une proie.

— Une proie ?

Une proie. D'aussi loin que je me souvienne, ma peur la plus vive est de l'être. Elle disparaît si je deviens fixe et docile, disons pour aller vite quand je me fais propriété de quelqu'un, pensionnaire d'un programme et d'un foyer. Or, je me suis arrachée et me voici dans la nature. Que faire sans un homme à quarante ans dans les bois, dites-moi.

Le jeune s'est tu un instant sur un je vois, puis a redémarré avec les désormais habituelles félicitations. C'est très bien qu'il me flatte, la peur est un instinct efficace, à l'origine de la survie de l'espèce. La peur est un sursaut vital. Ce qui tressaille quand je m'affole, bonne nouvelle, c'est la vie.

Or on me l'a déjà dit. Les gens gratuits et sans qualification qui m'entourent ne vont pas beaucoup plus loin et depuis le temps, je sais. La peur n'est pas un problème, c'est une alarme. C'est ainsi qu'elle sonne aux abords des zones dangereuses, la maternelle, les cours d'eau.

— Pourquoi la maternelle et les cours d'eau ?

Pour rien, c'est une expression, des rudiments suffisant à me passer de lui. J'ai moi-même le recours facile à l'analyse et, les jours fastes, à la sublimation. Je vais trouver comment réduire l'alarme au silence et reprendre une activité normale.

— Bien sûr que vous allez trouver.

Mes pieds patinent au sol et toute ma personne menace de rouler vers la porte. Tant d'efforts, se laver, sortir, pour se voir confirmer l'état de trouille. J'exige un vrai diagnostic, des mots pour substituer à l'inouï une phrase intelligible. Qu'est-ce que j'ai bordel.

— Un trouble de l'adaptation. Un trouble de l'adaptation au changement.

Le langage a donc prévu ce qui m'arrive et l'a déjà organisé en syntagme. Un trouble de l'adaptation. C'est tout. Un vil défaut d'harmonisation au réel. Du jeu dans mon appariement à l'enfer ordinaire. Là encore, presque un signe de bonne santé. Ce matin encore je souffrais d'effondrement.

Le truc de la rassurance fonctionne du tonnerre, décidément. Je me sens tout à fait mieux. Nous échangeons à présent des politesses.

— Vortioxétine six mois, dix milligrammes, s'emploie-t-il à rédiger, tandis qu'à nouveau je m'oppose.

Et lui s'étonne. Pourquoi non ? Même réponse, j'ai peur.

— Peur de quoi, d'aller mieux ?

La réponse ne va pas me grandir alors j'hésite. Puis je n'hésite plus. Après tout il a choisi pour sacerdoce d'explorer la caverneuse connerie ordinaire en s'appliquant à y déceler des pépites.

— J'ai peur de grossir.
— Mais non.

Si. Les antidépresseurs font grossir, je l'ai lu et tout le monde le dit. Non, il est catégorique. À la rigueur le traitement ouvre l'appétit dès lors qu'on est plus calme. C'est ce que je dis. Sédaté, on bouffe sans réfléchir. Il insiste. Grossir je peux, je dois même, d'après ses estimations.

— Pourquoi est-ce inenvisageable d'être plus lourde ?

J'essaie de réfléchir, c'est-à-dire d'éviter. Et ça recommence, l'autre parole qui vient me la couper.

— Plus lourde, on court moins vite.

Il a pensé soudain que cela suffisait pour aujourd'hui. J'ai payé. C'était quatre-vingt-dix euros. Si toutefois je jouissais d'une couverture santé correcte je serais remboursée de la totalité. Machinalement je fais celle qui s'en fout, remboursée ou non, qui ne compte jamais, mon complexe de classe résistant lui à tous les changements.

Il observe alors qu'il pleut furieusement et me propose d'emprunter un parapluie parmi ceux oubliés par les patients. Vous le rapporterez, dit-il, la prochaine fois. Je pense quelle prochaine fois et choisis de me faire rincer.

L'agence immobilière m'attend dans quinze minutes, j'allonge le pas sous l'eau. À l'angle de la rue, une pharmacie que je laisserai dans mon sillage. Je ne peux pas prendre de médicaments car je compte sur la douleur comme une boussole. Si je ne souffre plus, comment saurais-je quand je vais bien. Ma mère, qui a inventé la souffrance, était farouchement contre les médocs, contre tout ce qui assoupit la conscience. La drogue, la télévision et bien sûr les caresses. Une sévère tradition romantique s'enracine en outre dans la conviction que la souffrance mène quelque part et cette conviction c'est la mienne, dépourvue de tout fondement empirique, au contraire. Je n'ai vérifié qu'une chose, la souffrance n'engendre que la peur que ça continue, et couplées, elles engendrent l'inertie.

L'agence immobilière du quartier est notée 4,02 sur 5 par les internautes pour la réactivité et la gentillesse de l'équipe. En effet j'y obtiens très vite un scoop gratuit : les auteurs passent mal auprès des propriétaires.

— Auprès des lecteurs aussi parfois, risquai-je, entamant une vaine recherche de connivence auprès de la réactive jeune femme qui me reçoit.

Le marché locatif n'est pas connivent, il est tendu. Les femmes seules non salariées je ne vous dis pas que c'est impossible. Il s'agit de penser la location sur le *mode offensif*, mettre *toutes les armes de son côté* et dans cet arsenal prévoir six mois de loyers bloqués sur un compte et une assurance locative. Il s'agit d'une assurance souscrite par le locataire qui ne couvre que le propriétaire en cas d'impayé. Les propriétaires se blindent c'est normal, le droit n'est pas en leur faveur.

— Ah bon ?

— Bah non. Avec tout ce qu'on leur demande niveau diagnostic énergétique, s'émouvait cette fille si paisiblement du côté du manche que c'en était réconfortant.

Une de moins dans la rue.

Je reluquais le panneau des annonces, enfin l'écran. Vous pouvez entrer qu'elle me dit, avec un doigt. En effet, une action digitale permettait une visite virtuelle à trois cent soixante degrés.

— Et donc avec tout ça, la caution c'est fini ? la fais-je enfin rire dans ma quasi touristique candeur.

Non. La caution restait la base de l'édifice, d'importance équivalente sinon supérieure à l'élément fiche de paie. Le protocole s'est même *durci*, parfois des cautions *il en faut deux*, persistait l'immobilière personne dans un lexique qui rappelait à chaque phrase l'infiltration du viriarcat jusque dans nos sous-sols. Je vous dis pas de rien tenter. Je vous dis pas que les bonnes surprises n'existent pas, mais bon, le marché, il est pas près de se retourner.

On a bien compris. Le marché lui, n'est pas sur le dos. Le marché locatif est prétérition, sadisme et paire de couilles, ça nous change.

— Et c'est où l'école de la petite ? y met-elle gentiment du sien.

Elle encaisse ma réponse sans savoir retenir un aïe. Elle ne me cache pas que ce quartier est, en termes de bons produits, peut-être pas le pire mais pas loin, surtout depuis le Covid. En général la mention *depuis le Covid* introduit l'exposé d'une déviance post-2020 sans lien avec l'épidémie mais qui contient une charge explicative assez intimidante pour se passer de tout développement.

— Depuis le Covid, la plupart des propriétaires exigent le bail civil.

— Le ?

Le bail civil est directement signé par l'entreprise dont le candidat serait l'heureux salarié, au terme d'une trajectoire personnelle exemplaire évitant les embûches, les emmerdes et le statut d'artiste-auteur, inutile de le préciser.

Je me fais imprimer quelques annonces de deux pièces dont le loyer se situe sous le plancher fatal des deux mille euros. Il faudra rappeler pour visiter. Nous évaluons que les frais liés à l'assurance locataire, ajoutés au frais d'agence puis à la caution, élèvent le coût d'entrée de l'opération à cinq mille sept cents euros. Ceux-ci alignés, je pourrai enfin faire la belle et payer un loyer voire des meubles.

Dans un de mes livres, le personnage quitterait l'agence d'un tout petit pas asiatique, s'excusant d'avoir prétendu au luxe en quémandant la possibilité de se ruiner pour obtenir ses trente et un mètres carrés par habitant dans une ville bourrée de dettes et de particules fines. Le petit personnage rentrerait chez sa mère ou chez son ex. Mais ça ne sent rien un personnage, ça s'en fout, ça compte sur moi pour lui faire aligner un pied devant l'autre.

Nous terminons, la fille et moi, sur un je tente ma chance troqué contre un bon courage, comme face à tout échec annoncé qui se respecte. Et je pressens que, pour bien s'en tirer dans la jungle immobilière, le petit personnage devra ici truquer, mentir ou quelque chose. Le propre des petits, après tout, c'est braconner.

Au sortir de l'école un vent qui passe ici pour violent nous pousse vers le parc. Je montre à Lou la couleur du ciel, le square sera peut-être fermé. Elle oppose qu'il ne pleut plus et quelque rendez-vous pris au toboggan avec une certaine Violette de CE1. Au square, j'attends sur le banc tandis que Lou vit. D'une flaque autour de la fontaine à eau, d'un pigeon qui s'y mire, de Violette avec elle qui le fait fuir. Le vent redouble et bientôt tout frémit, les montants des balançoires, les taillis de troènes. Lou veut rester. Derrière moi un marronnier craque et autour quatre platanes étiques penchent à quarante-cinq degrés. Je sais devoir contenir la frayeur qui me gagne. Toujours quand le vent se fait sonore et éprouve la résistance des arbres, je dramatise. J'ai peur de ce qui vient avec ça, les choses qui volent, les animaux déroutés et surtout ce qui vient après. Le calme abominable autour des arbres couchés qui ne pourront plus cacher personne. N'importe quoi, Michelle, respire, c'est un coup de vent et trois gouttes. Mais de gros et doux le souffle dans les arbres se fait aigu. Ne pas courir et s'arracher comme une cinglée. Autour les gosses qui jouent sur les gazons synthétiques vont s'affoler. Mais s'affolent-ils jamais assez ? Je perds. Je perds toujours contre cette météo. Une terreur illogique me prend aux jambes, je décroche ma fille du filet de singe. J'ai honte mais qu'est-ce que tu veux.

— Pourquoi on court ?
— On ne court pas, on se dépêche.
— On court où ?
— À l'abri.

Dans ma chambre d'hôtel, Lou se fige au bord du lit, inquiète. Elle pressent qu'on devrait être ailleurs qu'en ce sas qu'elle n'est pas censée connaître ; elle devine qu'on ment, qu'on déconne dans les lieux, les heures et les habitudes.

— Papa va nous crier.

Je dévisse tout à fait, oui. Nous devrions être dans l'appartement mais c'est au-dessus de mes forces, laisser ma fille dans la chaleur tarifée du coucou suisse qui ne doit rien savoir des tempêtes.

— Quelle tempête ?

Se demande légitimement Sirius une heure plus tard, retenant ses fureurs, toujours aussi mal. Sa haute présence, capillaire et agitée, dérange la miteuse harmonie du hall du Modern. Il n'est pas fait pour les cloisons minces, le formica des comptoirs, les faux plafonds fragiles et les abat-jour en carton. Comme la tempête, il promène en ville ses bourrasques à tout faire voler. Qu'est-ce que la petite fout là ? Qu'est-ce que je fous, moi, globalement ? À quoi je pense ? Il dit la nounou affolée, ses appels à lui restés sans réponse, personne au square et Lou traînée sans prévenir dans ce ce ce ce. Taudis. Ses yeux salis d'une idée qu'il doit s'interdire de formuler devant un enfant vont de droite à gauche, tentent encore d'établir un lien logique entre moi, la tapisserie rose, sa fille ratatinée, les petits rideaux beiges fronçant sur les vitres, puis se ferment, vaincus.

— Allez Lou, embrasse maman, on rentre.

Ils sont partis, je suis remontée. Onze jours d'hôtel, mille quatre cent trente euros, toujours sur le flanc, pattes repliées. Le prix de la liberté m'écrase. Je ne veux qu'une chose, mon enfant chez moi. Je me traite de bête. À notre époque, braire ainsi après l'agneau. La honte.

J'essaie d'envoyer mon désir ailleurs, tente de me caresser pour voir ce qui vient par les nerfs. Au toucher, je ne reconnais pas mon sexe dans cette version aride et pincée. Les draps rêches attaquent le dos de mes mains irritées. J'insiste, je convoque de puissantes images de cul et du peu d'orgies que je suis capable de théâtraliser mais mon désir est captif d'une image plus phénoménale.

La famille.

L'épisode du hall m'a renversée. Parce que nous trois. *Nous* trois même comme ça, *nous* pronom du foyer. J'oublie tout, le désamour, la solitude, les gueulantes, les triangles et je divague sur demain, un samedi. Ce que nous ferions un samedi. Je nous vois sérieusement faire sauter des crêpes, ramasser des marrons au parc. Choses vues dans des films, tableaux oniriques desquels Sirius et moi n'aurions pas une seconde participé vivants.

La mince couette échoue à me réchauffer, je la tire plus haut sur mon visage. Ainsi j'aperçois sur l'envers de la housse les stries rouges, le sang. Je me découvre entièrement et putain voilà.

Le ventre, les hanches, ça recommence.

Encore moi comme ça, encore une douzaine de plaques aux bords irréguliers, certaines déjà grandes comme des dix centimes et par endroits soufflées d'air ou du minuscule liquide incolore qui bientôt perlera. Encore moi froissée et machinale qui ne me suis pas entendue gratter l'enflure jusqu'à saigner. Encore des taches, encore des marques, encore la peau qui ne sait plus comment tenir à la femme et s'ouvre des issues. Le corps qui chauffe parce qu'il s'approche d'un truc. Mais quoi.

ARIEL

Chaque soir, au long des quatre cents mètres qui, en sillonnant de la rue Saint-Ambroise à l'avenue Parmentier, séparent son appartement de son cabinet, Ariel Zaccaria secoue ses vêtements. Dans une seconde, il fera tourner sa tête sur l'axe de sa nuque, deux fois dans un sens, deux fois dans l'autre. Une seconde encore, on le verra secouer ses cheveux, secouer son cartable et ce faisant ses bras dans ses manches. Tout à fait discrètement bien sûr, pas comme un fou. Les chalands ont le diagnostic facile, bien qu'ici moins qu'ailleurs. Enfant déjà, sur le trajet allant de l'école élémentaire de Cavasso à l'atelier où sa mère faisait la comptable, Ariel effectuait ces sortes d'ablutions sèches au sortir de la classe. Il répondait encore à Ariele mais prêtait à ce rituel kinésique la même fonction qu'aujourd'hui. Oublier. Oublier. Se débarrasser du maximum de croûtes savantes. Laisser libre l'espace qu'il imaginait devoir réserver à l'invasion d'un grand savoir, il ne savait quoi ni quand. *Ariele, tesoro, cos'hai imparato a scuola ? Niente, mamma.*

Et la mère s'habituait à le voir, dans un futur navrant, reprendre l'atelier et finir de corner ces belles mains de chirurgien qu'elle avait pourtant su lui faire.

En dehors de ces ponctuelles agitations, au terme des huit ou dix consultations qui font sa journée, Ariel n'a besoin de rien. Il possède la faculté heureuse, par ailleurs courante dans sa profession, de passer vite à autre chose. Il sait glisser comme tout le monde d'un contexte à l'autre avec un verre de vin et une chanson dans sa tête.

En général.

Voici que ce soir le souvenir de l'une de ses patientes résiste au rituel assez infaillible de la tremblote et même au verre de chinon. La cinquième de la journée, celle qu'il entendait mal, dont la voix se brisait en amorce des phrases et découvrait un peu d'ampleur tout à fait par hasard, quand elle enchaînait les adjectifs excédentaires comme pour trouver le temps de respirer – si bien qu'on n'entendait nettement que l'inutile. Ariel n'est pas dogmatique, il s'applique à ne rien mémoriser d'encombrant propre à le priver des surprises en lui-même, mais quelques consignes autrichiennes l'ont marqué. Par exemple, le thérapeute ne repense pas à une séance. S'il y repense c'est qu'il a manqué quelque chose.

Il est évident que l'exercice d'écoute qui est le sien consiste à rater le plus de trucs possible. Ce n'est pas un drame, c'est la méthode. Noter c'est distinguer donc falsifier, retenir c'est figer puisque la signification des faits entendus surgira quand elle veut, en général n'importe quand. Aussi Ariel n'épuise ni sa disponibilité intellectuelle ni ses mains de chirurgien, toujours pas, dans quelque graphomanie perturbante. Il est entièrement présent.

Enfin bref, malgré cet intense détachement, il a manqué quelque chose cet après-midi.

Alors reprenons, la patiente venue pour quoi déjà. Une séparation. Une séparation standard subie dans le cadre d'une structure traumatique, rien d'affolant. La séparation, c'est plus inquiétant sur les structures mélancoliques, quand forte est la tentation de finir le travail en mettant fin à soi-même. Les structures obsessionnelles sont également dangereuses, surtout pour les autres, elles abritent des spécimens qui ne sachant pas naturellement passer à autre chose poursuivent la relation au gré de filatures, procès, sérénades, appels nocturnes et campements plus ou moins pacifistes sur les paliers.

Mais les profils traumatiques sont ceux qu'Ariel préfère. Il s'agit d'une enquête. Les patients déclarent une peur qui n'est pas la bonne, celle qu'ils vivent n'est jamais que le contrecoup de la précédente, inconnue, lointaine et tant qu'il en cherchera le nom, le patient sera à peu près calme, sédaté si besoin. On peut travailler.

Numéro cinq se disait – entre autres terreurs qui sauront resurgir à l'esprit génialement sélectif d'Ariel la prochaine fois – terrifiée à l'idée d'ingérer un médicament. Les effets secondaires, insistait-elle. Quelque chose avec les effets secondaires. Ariel fait des ronds sur le tapis du salon. Ce qu'il a manqué perce la vague sédation répandue par le verre de vin rouge et balbutie. Le médoc, le médicament. Quoi le médicament ? Ariel s'efforce d'être un bon chimiste, c'est peut-être ce qu'il aime le plus dans la pratique, les dosages, l'art d'associer les molécules. À l'hôpital, quand il devait à la chaîne charger les patients choqués comme des mules et les renvoyer dans la nuit, il rêvait de ces délicatesses de cabinet. La patiente numéro cinq. Quelque chose ne va pas dans la prescription, peut-être.

Farouchement opposée à la cure médicamenteuse, la patiente, se souvient Ariel. Et dans une opposition trop démonstrative pour lui appartenir en propre. Ariel parie qu'elle jettera l'ordonnance mais reviendra, l'insomnie finit toujours par fendre les résistances les plus rudes. Ne pas dormir attaque les traits, les nerfs puis les muscles puis ralentit les organes un à un ; on est alors proche de l'hallali sur le veilleur. Encore une nuit et numéro cinq avalera n'importe quoi pour six heures de repos et six mois de disponibilité intellectuelle, tant pis pour les effets secondaires.

Les effets secondaires, bingo. Numéro cinq ne voulait pas grossir, voilà. Le manqué est ici, Ariel en est sûr. C'est donc qu'il est très certainement ailleurs mais enfin essayons d'aller par là pour avancer. Elle ne voulait pas grossir. Grossir, c'est grossier ? inspire à Ariel une pente un peu facile. Non, autre chose. Pas grossir, *pas grossir*. Ne pas grossir s'assimile à ne *pas grandir* d'une certaine façon. Pas plus lourd, elle a dit pas plus lourde. Il se souvient d'avoir expiré un pourquoi et sa réponse à elle fut trop rapide qui semblait se connecter artificiellement à une pensée parallèle, entamée plus tôt. Et l'éclair produit fut trop vif. D'ailleurs la réponse qu'elle lui fit, il ne s'en souvient plus.

Ariel s'est réveillé dans la nuit et c'était encore elle, la patiente pas gênée. C'est bien une idée d'insomniaque ça, bousiller le sommeil des autres. Enfin la patiente n'y est consciemment pour rien, ce qui secoue Ariel à 4 heures du matin est avant tout l'amour du travail bien fait, et surtout une phrase. *Flee or fight.* Une phrase qui creusait en silence sa galerie depuis la fin de la séance pour émerger sadiquement à cette heure pas possible. *Flee or fight.* Fuir ou combattre, la patiente ne semblait pas avoir le choix.

Alors la question qu'il aurait dû poser dans le cabinet s'impose dans sa chambre à coucher. Pourquoi la seule issue, madame, serait-elle de fuir ? Qu'imaginez-vous de si fatal et de si grand qui ne se puisse combattre ?

Ariel se rendort sans rien noter. Enfin il essaie. Une information intempestive, encore une, clignote à son tour en veilleuse.

Une image cette fois.

Le visage palpitant de cette fille où tout semblait en alerte, les yeux, le front, les paupières et même le sang sous l'épiderme qui lui faisait venir par flashes de soudaines marques roses sur les joues et le cou. Il avait remarqué, sans cela, la pâle clarté du teint et aussi la transparence moins que blonde, écrue presque, des cheveux coupés au carré. Il avait vu la finesse des arêtes, en particulier des mâchoires et du menton, qui laissait tant de place à l'épaisseur charnue des lèvres. Comme quoi il retenait pas mal de trucs.

Je couve une biche donc. Une biche de conte j'imagine, car elle parle de temps à autre, pour ne rien dire que d'affligeant. Elle ne peut la ramener qu'en cas de crise, d'effondrement total de tout un gouvernement interlope (quant-à-soi, assurance, santé, compte en banque, environnement familial, feuille de route et sérotonine) qui lui tient la bride. Elle la ramène ce soir.

La biche a attendu que je ne sois plus rien que frayeur et peau irritée pour invoquer son droit à la prise en charge par un homme, autrement dit à la prise en main. La drogue c'est pour les autres. Nous, nous avons la forêt qui étouffe les cris et cache les crimes.

J'ai appelé un type en vertu d'un seul critère, la certitude qu'il viendrait. Froidement et sans juger personne, le médecin dira le surlendemain oui donc c'est comme appeler un chien.

Exactement.

Il vient. Il ne vient pas parce que c'est moi, et ici s'arrête l'analogie avec le chien qu'on dit fiable, il vient parce que je suis une femme, une de plus. Je sais qu'il est facile, il se souvient que je le suis aussi. Il arrive.

Rendez-vous donné dans un café. Il me percute exprès d'une bise qu'on réserve à sa tante, s'assoit. Je sais qu'il répétera dans une seconde Michelle, Michelle, alors Michelle, avec un petit rire car mon prénom le ravit, personne de mon âge ne s'appelle ainsi, ce qui le porte au comble de l'amusement. C'est dire l'amplitude émotionnelle du sujet. Il ne prend rien à la carte, mais veut bien me regarder manger. Il échange la chaise en rotin contre un tabouret du bar, c'est un type qui toujours tente de se placer en plongée, à la façon des vautours, singulièrement auprès des femmes car le reste du temps il s'écrase sur des moquettes d'entreprise et répond quand on l'appelle, là-bas aussi. Ce sera me regarder manger, avaler la corbeille de pain. Ce sera se taire tandis que je parle et révoquer méticuleusement dans ses gestes toute trace d'une tendresse qu'il réserve aux femmes introuvables qui en seraient dignes. Ce sera me regarder pousser vainement mon filet de voix contre le vacarme d'une salle bondée, tendre l'oreille et se prétendre sourd, signifier d'un geste de l'index que j'ai, sur la joue, le gras de la vinaigrette. Je souris, je l'essuie. Ce n'est pas moi qui mange, c'est la biche. Qui n'est pas à ce titre un modèle de culture, qui tient comme elle peut ses couverts. Ce sera répondre par la météo ou la revue de presse internationale aux questions sur la vie, répondre par le général à des questions sur soi, ce sera moi qui paie. Ce sera s'étonner de mon on y va ? et dégoiser un Seigneur mais où va-t-on ? dans une syntaxe de liseur de biographies de Napoléon et de bouquins sur le patrimoine architectural de la Loire. Ce sera prétendre s'étonner qu'on ne s'arrêtât pas là, à ne rien consommer ni se dire. Ce sera annoncer qu'il est fatigué, s'assurer que j'ai compris : fatigué des efforts sexuels programmés plus tôt dans la semaine, que je sache. Des fois que j'envisage vraiment cette fois de tomber amoureuse.

Aucun propos sur ma situation. Il m'a connue épouse et mère d'une enfant, pas à cinquante mètres de tout cela, voyageant seule avec une Samsonite. S'inquiéter, prononcer ça va soulèverait la pierre dessous quoi grouillent des emmerdes et des reproches sinon des exigences, encore.

Il a tort : je m'en fous.

J'attends simplement qu'il cautérise, une heure et même sans savoir ce qu'il fait, la blessure de l'arrachement. Et qu'ainsi je puisse m'endormir. J'attends les caresses qu'il a déjà su faire, l'année dernière. J'attends ma maman dans un type en forme de chien qui m'a déjà trahie. Je déciderai ce soir-là qu'il s'agit du fond. Il est important de définir le fond sans quoi on ne le touche jamais et on bat des records de profondeur et un jour on vous cherche et plus personne ne répond.

Bref, fond du trou, le fond du seau, du puits ou du gouffre, comme on veut selon le diamètre qu'on donne au désespoir, je l'atteignais avec lui.

De la chambre, l'esthétique rose l'amuse et lui fait jaillir un souvenir lettré mais flou. Dans la bouillie de prénoms de collaborateurs, de scores de tennis, d'identifiants Apple, de villes d'Afrique du Sud, d'anglicismes et de noms de cocktails ayant remplacé ce qu'il avait appris à l'école, il cherche à voix haute une scène de Nana dans Zola. Il ne la retrouve pas. Il commente le verre en carton, le café en dosettes et l'exception chic de ma bouilloire Smeg. Il suppose qu'ici, je ne trouve pas de crayons de bois pour faire tenir mon chignon. C'est bien dommage, ça le faisait craquer.

Tandis que mes yeux répètent une supplique trop élémentaire – être touchée – pour s'exprimer ailleurs que dans le regard, il détourne le sien. Il ne veut pas se déshabiller. Il est sale, il sent fort, craint-il ou feint-il. Je lui propose une douche mais il mime une indécision d'enfant, paresse et pudeur, usant sa déjà pauvre énergie à passer pour un gosse. Il m'approche en chemise, chaussettes et pantalon s'affalant. Son intelligence limite lui a fait flairer l'attente muette de l'autre et excite une perversion enfin humaine qui l'invite à la décevoir. Il prétend me prendre du bout des doigts dans un mélange de textiles, de montres et de précautions, féroce comme les gens qui n'embrassent pas. D'ailleurs il n'embrasse pas.

J'ai dit dégage. J'ai dû me répéter, dégage, envoyer la jambe en avant dans un tardif et heureux réflexe de défense. Et tout le monde a détalé.

Il n'a pas claqué la porte, s'estimant au-dessus de ces manifestations d'humeur. Et puis je l'ai entendu faire demi-tour, décidé tout compte fait à être en dessous de tout. Il est revenu pencher sur le mien un visage déformé où se lisait la haine forgée contre les femmes depuis le tout premier râteau. T'as de la chance d'être tombée sur moi, les filles comme toi dans les hôtels, regarde la télé, elles se font buter. Continue, tu te feras buter.

C'est ce soir-là que je trouve le geste. La caresse pour calmer l'éraflure, qui deviendra un tic. Du bout des doigts passer sous mes lainages, j'effleure tour à tour deux endroits de mon corps déclaré névralgique, le cœur puis la nuque. Et dans cette furtive bonté pour moi, application domestique d'un poème qui dit sois sage ô ma douleur, il me semble tranquilliser tout le monde. La fille, la peau, la biche.

SIRIUS

Un homme dort dans sa voiture. Précisément, il veille dans sa voiture. Au départ rien ne destinait cet homme à séjourner toutes les nuits dans une Peugeot 306, elle-même postée sur une place livraison face au 103, rue Sedaine, un hôtel où il n'a rien à livrer. Il n'est pas à la rue, enfin pas tragiquement, il y est stationné c'est différent. Il dispose d'une couverture maladie compétitive qu'on voit à l'œil nu triompher sur ses dents et d'un appartement presque payé à cinquante mètres. C'est un drôle de comportement, alors. Oui disons qu'à l'heure actuelle cet homme n'est pas celui qu'il est censé être, compte tenu de ce qu'il est. Voici cinq nuits qu'il consume, plafonnier allumé, à passer pour une pute, à dissiper les malentendus noctambules plus ou moins avinés. Non il n'a rien à vendre, il est garé là pour raison familiale. Cet homme évidemment c'est Sirius.

Au 103, dans un établissement qu'il a enfin pu localiser en venant y chercher sa fille, dans une chambre qu'il situe au premier étage, vivote la mère. Une femme qu'il aime et qui le hait, du moins c'est ainsi qu'il voit les choses. Ma belle, songe-t-il. La sienne. Idem c'est ainsi qu'il voit les choses.

Huit ans plus tôt, Michelle avait constitué aux yeux de Sirius un projet ; huit ans plus tard, elle l'avait raté dans les grandes largeurs. Il y avait mis énormément du sien, convenait-il, mais très intimement. Au début du mois dernier, des cartons s'étaient entassés dans l'entrée, elle avait sorti des choses sur le trottoir, et même des choses à lui la salope, puis elle avec, dans un accès de déménagement.

Auparavant des phrases avaient été prononcées, on avait beaucoup bu et un peu exagéré niveau vocabulaire, menaces. Il avait été délicat dans son chantage au suicide mais il ne pouvait pas faire moins.

Total, Sirius dort dans sa voiture sous l'enseigne même pas scintillante d'un hôtel fauché, tandis que sur Lou endormie veille sa mère, sa mère à lui. Il avait trouvé pour les premières semaines une dame qui l'a planté, aussitôt il a téléphoné sa détresse à Châteauroux et c'était réglé. C'est ça, la famille. Des solutions. Dont Michelle va éprouver la perte bien profond, bien fait pour sa gueule, s'emploie à s'enflammer Sirius sans quoi la douceur l'emporte et on appelle son bourreau, on dit pardon au téléphone.

Plutôt crever. Pardon pour quoi.

0h30. Au premier étage de l'hôtel, fenêtre sur rue, persiste la silhouette encore pour un moment adorée de Michelle. Molle, anormalement traînarde, le cheveu raide, qu'on peut même deviner un peu sale quand on a regardé se lever une femme tous les jours, trois mille jours, tous les matins. Enfin non plutôt dans les deux mille cinq cents. Les deux dernières années, il s'empressait de partir avant qu'elle se lève à son bout de l'appartement, tandis qu'elle s'appliquait, aux aguets des bruits de porte et sifflements de cafetière italienne, à rester couchée.

Lou était de fait la dernière à l'école, la tirant par la manche, sa mère en espadrilles, à la bourre, un trait de dentifrice barrant la joue de la gosse exprimant la vitesse à laquelle on l'avait entraînée du lavabo dans l'escalier. Dans la bande dessinée, ces traces pour montrer l'invisible des mouvements par des traits, des vrilles ou des gouttes portent un très joli nom. Les emanata. Sirius l'avait appris, enchanté, de Michelle au début, quand ils n'étaient qu'échanges de secrets, de fluides et de savoirs.

Là, il essaie pour rester éveillé d'imaginer quels emanata dessinerait l'élan du départ de Michelle. Il ne voit pas, ou alors ça le fait gerber. Un gros trait noir et affolé, au feutre qui en fout partout.

0h45, chambre éclairée au premier. Dans la Peugeot, on devra dans six heures aller travailler mais on est réveillé comme un coucou. Une veille de présentation client en plus, gros le client, genre Retail ou Grande Distribution, blindé et vorace en baromètres. Et alors, songe le salarié en sa bagnole. Il prendra pour une fois sa matinée. Qu'ils crèvent aussi à La Défense, tous autant qu'ils sont. Et sur ces vœux anarchistes, Sirius s'imagine bâcler un mail à l'assistant. Ne serai pas au siège, fièvre, merci de ne pas renvoyer les appels. L'assistant y détecterait le délire nocturne, il le connaît, Sirius, qui ne prend jamais ni vacances ni congé paternité, qui irait bosser à l'agonie. Parce que c'est comme ça. Un homme ça travaille ou tout fout le camp.

Il travaillait comme plusieurs. Néanmoins tout a foutu le camp.

Sirius c'est aussi une étoile. On appelle point de vue de Sirius une vision lointaine, désencombrée de représentations du problème, capable de l'envisager à une distance si galactique que le problème, flouté dans la nuit des temps ironiques, cesse tout simplement d'en être un. Sirius aurait beaucoup aimé assumer la promesse de relativité de son prénom, mais raté. Sirius prend tout pour lui. Il fait passionnément corps avec la moindre emmerde jusqu'à ce qu'elle l'engloutisse et lui donne raison dans sa certitude personnelle : l'univers lui en veut. Comme chez tous les fils à maman flippés, que l'univers s'en cogne constituerait un traumatisme plus grand, donc il préfère étouffer dans l'idée paranoïde du complot sidéral. Sirius travaille dans les statistiques appliquées à l'économie de marché, ce qui n'arrange rien, un métier tatillon et vertigineux où il récupère sur les chiffres le sentiment de contrôle qu'il perd sur l'existence.

Hors du bureau, sa vie consiste à se noyer dans une succession de verres d'eau. La vie de Sirius paraît enviable à tous ceux qui ne le connaissent pas : bon salaire dans la bonne boîte, belle femme dans la bonne ville, beaux-parents dans le bon endroit, au cimetière, bons réflexes en matière de bonne chère, bonnes adresses et certainement bons placements, belle enfant dans les meilleures dispositions, timide et possessive. Une journée avec lui et on comprend comment un type peut s'infailliblement foutre en l'air, se laisser dévorer par une inquiétude dont personne sauf lui ne perçoit le motif. Sirius lui-même est épuisé tous les soirs après douze heures éveillé dans sa peau. D'où ce sommeil brutal, sonore que Michelle lui enviait, voire lui reprochait.

Sirius a épousé chronologiquement un problème de trouble de voisinage, d'humidité dans les murs passant sans raison apparente de 45 à 75 % d'une pièce à l'autre, de chat qui le regardait de travers, d'hortensias du balcon refusant d'être bleus, d'une succession d'assistants à claquer, toujours plus nuls en orthographe. Des recherches, des conversations, des solutions, des anxiolytiques, l'abandon des solutions.

Sirius n'a pris la distance recommandée par son prénom qu'une seule fois, quand son mariage a montré des signes d'usure.

Depuis Sirius, Sirius a vu ceci : Michelle peu à peu ne demandait plus rien. Ni parler, ni dîner, ni voyager. Fini les doléances, les injonctions à être regardée qui blessaient Sirius, blessaient sa conception de la souveraineté de ces individus supérieurs que devraient être les femmes. Pas supposées choir à ce rang de besoins narcissiques primaires, vouloir de bons moments, « profiter ». Et autres projets sans envergure qui démentent l'intelligence de ceux qui les forment en insultant celle des conjoints qui font semblant de les écouter. Sirius n'a jamais été séduit que par des intellectuelles, des artistes, dans l'espoir plus ou moins conscient qu'elles lui épargneront ça, l'idiotie des « bons moments ». Mais ça vient toujours. Même Michelle putain. Il a préféré ne pas y penser, a gueulé une ou deux fois, peut-être un peu plus, pour la dissuader d'y revenir, à ces idées de week-end sur l'île de Groix sans la gosse.

Puis toujours de très loin, il a vu, il a bien dû sentir aussi en étendant le bras, que Michelle ne dormait plus avec lui. Elle dormait dans la chambre de Lou, tactiquement meublée d'un lit à étage.

Lou souffrait officiellement de réveils soudains, nombreux, sommeil perforé qui le lendemain à l'école nuisait à l'apprentissage. La présence de sa mère au-dessus la maintenait dans le sommeil paradoxal qu'on dit réparateur. Il a supposé que c'était un peu facile, possiblement faux. Il a vu que cela devenait vrai. Les nuits où elle dormait seule, Lou venait chercher sa mère à 2, 3 et 4 heures du matin, se plaignant d'un éveil tenace, et Michelle migrait dans la chambre voisine y finir la nuit puis la semaine.

Il a bien vu depuis sa planète qu'on avait inventé un problème à Lou pour poursuivre le mensonge qui s'infiltrait dans les murs, plus sûrement que les 75 % d'humidité. Il en aurait pleuré. Mais il a fait corps avec le problème de Lou, qui a raté des matinées d'école pour consulter à la clinique du sommeil. Dans la salle d'attente le père implorait mentalement le pardon de la petite. Le problème d'apprentissage devenait vrai tout en devenant secondaire. C'est trop, disait Michelle, elle va bien.

Mais si Lou allait bien, qui allait mal ? Alors Sirius s'est passionné toujours davantage pour la santé de sa fille. Michelle parlait moins de son petit souci dermatologique, elle semblait avoir trouvé une solution. Les rashes qui couvraient ses bras avaient disparu semblait-il. Du moins, il ne les voyait plus.

Il a vu, il a senti, que les plantes du balcon, les hortensias, les agapanthes, les oliviers, les rosiers dépérissaient. Plusieurs fois, Michelle manquait son tour d'arrosage. Elle n'aimait pas arroser, l'eau selon elle ruisselait des heures dans les assiettes de terre sous les pots, c'était terriblement agaçant. N'importe quoi. Une emmerdeuse parfois que Michelle, admettons-le, du genre à fermer tous les volets en plein jour pour un pseudo-grand vent. À jurer entendre progresser les infiltrations dans les murs, au point qu'il lui fallait avaler un Doliprane. Comme si ça s'entendait. Fallait-il tant d'excuses pour avaler un cacheton. Rappelée à l'ordre question fleurs en pots, elle a dit pardon, qu'elle se mettait une alarme pour y penser, preuve qu'elle s'en moquait. Dix-huit plantes assoiffées accrochées en ligne sur la rambarde du balcon où tu grilles des clopes, elle est sous ton nez l'alarme. Enfin elle l'a mise. Une mélodie de Satie tous les soirs vers 19 h 40 qui le rendait fou, à force. Mais bon elle arrosait à 19 h 45. Et lui, chaque soir, disons un sur deux et vers 21 heures, enfonçait ses doigts dans la terre : elle n'était humide qu'en surface. Michelle se fichait du monde. Si c'est pour arroser comme ça, laisse, je vais le faire. Non il ne gueulait pas, non. Il parlait fort. Que ça rentre.

Il a vu un jour qu'elle attachait ses cheveux avec le crayon d'un hôtel pas loin, rue du Conservatoire. Il a vu qu'elle en possédait trois, et a priori on n'en trouve qu'un par chambre de ces crayons, allez deux.

Dans l'angle mort de sa raison, il a commencé un jeu qui allait le rendre dingue quelque temps. Il répertorierait les étrangetés dans le comportement familier de Michelle, s'efforçant de détecter au moins sept erreurs. Demeurer près d'une heure au supermarché pour acheter des petits-suisses, un appel sur son portable qui, tel un code, cessait après trois sonneries, un goût soudain pour les chemisiers transparents, cet air vague mais vague quand ses yeux allaient des pages d'un livre au plafond, ne plus oublier une seule fois son tour d'arrosage, sauter un repas et l'on arrivait à sept avec ce putain de crayon.

Au bureau, Sirius pensait au crayon plusieurs fois par jour. Aussi est-il allé chaque après-midi s'installer avec son ordinateur au bar or et vert de cet hôtel rue du Conservatoire. Planqué derrière un gros pilier, lui-même doublé d'un genre de lierre ornemental, il disparaissait dans ce décor qui se voulait Art nouveau et attendait.

Un jour il s'est vu dans le miroir en face, un truc plus ou moins rectangulaire, serti d'un bois sculpté imitant la liane. Il avait toujours pensé que le premier devoir d'un homme c'était représenter l'homme. Et là, dans la glace, il représentait une merde. Il s'est levé, il est rentré. Il a fait disparaître les crayons, elle en avait d'autres après tout.

Il évoqua indirectement ses soupçons trop violents pour être dits tels quels en commentant la fréquence de leurs rapports charnels. Ça ne lui allait pas, c'était trop peu pour leur âge, Michelle on n'a pas soixante ans. Elle l'admettait, s'accusait d'une nervosité de mère, de citadine et de travailleuse indépendante qui, associée à certaine variation hormonale, la menait de la frénésie au cafard sans jamais rien trouver entre les deux. Elle s'en voulait d'abandonner son homme à sa dèche, elle semblait nourrir une culpabilité tout à fait réconfortante pour Sirius. L'origine et la nature du problème, il ne les discerna bientôt plus. Le problème c'était Michelle, elle le reconnaissait et allait y remédier.

Puis il ferma les yeux et entrevit à peine la suite dans la nuit qui bouffe tout.

Vit-il mincir sa personne et sa présence. Sut-il constater que lui-même l'évitait, éteignant le soir son chevet afin que ne filtre sous la porte nulle lumière qui l'aurait invitée à la pousser, à s'asseoir auprès de lui tel un chat pot de colle et réclamer à nouveau cette attention démesurée. Il éprouva certainement qu'il n'avait plus rien à offrir mais se sentait encore disposé à reconstituer ses ressources. Il dira plus tard qu'elle ne lui en laissa pas le temps.

1 heure. Elle ne dort pas Michelle, sa Michelle. Sirius a mal aux cervicales.

Elle avait annoncé dans la nuit d'un dimanche au lundi qu'elle n'en pouvait plus. Honnête, il avait répondu ça se voit. Et soudain il n'avait pas supporté davantage, pas une heure de plus, la compagnie d'une femme dont la si démonstrative et constante sale gueule affichait partout, dedans, dehors, en famille, entre amis, devant tout le monde que lui Sirius ne rendait pas les femmes heureuses. À cet instant, il a compris que tiens lui aussi, il n'en pouvait plus et voulu les voir disparaître, elle et son constat d'échec tatoué en rouge sur la peau dès qu'elle remontait ses manches.

Quand elle a prononcé son faut qu'on parle, il a pris sur un coup de sang la sortie qu'on lui proposait, presque déjà capable d'en apprécier la commodité : de la catastrophe qui commençait il resterait à jamais innocent puisque le dramaturge, l'auteur, c'était l'autre. Celui qui formule devient celui qui endosse et en face le conjoint martyr peut conserver l'honneur et l'appartement. Elle voulait discuter, pas lui. Discuter de quoi, puisqu'elle avait déjà prononcé le pire et que l'arrangement s'imposait. Il a évoqué les trois, quatre impératifs, enfant, horaires, cartons, partage des affaires et terminé.

Mais une question trouait souvent l'épaisseur de sa colère, surtout le soir. Pourquoi ? Pourquoi comme ça, pourquoi maintenant. Ses amis ne la lui posaient pas eu égard à son chagrin. Lui ne la posait à personne, craignant qu'on lui opposât qu'il l'avait bien mérité. Les gens mélangent aisément amitié et brutalités, qui sait ce qu'on pourrait lui balancer au motif d'être honnête ou, pire, de lui faire du bien. Des bouts de réponses approximatives flottaient à la surface de la soupe qui baignait son crâne depuis qu'il ne dormait plus. Et dans ce long stationnement, tout en matant les fenêtres de l'hôtel, il s'imaginait les lui adresser.

Michelle voulait qu'il évolue par exemple. Un individu satisfait de ses caractéristiques incarnant pour Michelle l'échec de la civilisation. Qu'il devînt plus généreux, plus calme, plus réflexif, plus tendre, plus distingué, plus spirituel et moins matérialiste, mieux entouré, plus sélectif, plus mince, plus attentif. Mais l'évolution ma pauvre Michelle. Dès lors que le processus absorbe tous les jours des nouvelles exigences, évoluer est une aspiration à quelque chose de confus qui sera demain remplacé par mieux. Cette passion pour le renouvellement permanent obéit, Michelle, à la logique consumériste, voilà, tu es bouffée par la bête loi capitaliste. Tu me considères comme un bien immatériel à optimiser et si je ne produis pas de valeur, poubelle. Et c'est moi le matérialiste, laisse-moi rigoler.

Sirius s'étonnait de conceptualiser si bien le profil d'autrui avant de se souvenir dans un de ces fulgurants accès d'autocritique qu'inaugurent les séparations qu'il ne parlait que de lui. Du soi haïssable qu'on ne sait questionner qu'en le projetant sur autrui. Mais cela restait exceptionnel.

Le dernier jour, il lui avait balancé quelque chose comme pour qui tu te prends ? et lui avait promis qu'elle allait « le payer cher ». Il ne savait pas précisément à quoi il pensait mais il le pensait très fort.

Et elle lui avait dit je ne te prends rien à toi, je prends ma liberté. Il s'était marré, sincèrement en plus. La liberté, sérieux ? Ma pauvre fille.

Une réaction à première vue écœurante que ce soir et tout seul, il développait enfin. Je veux dire, ma chérie, la liberté est en Occident le plus menacé des biens, alors c'est normal, c'est pour ça qu'on en fait des tonnes, qu'on se marche dessus pour l'obtenir. Dans le Sahara, tu ferais pareil pour un verre d'eau. Pour les mêmes raisons, la liberté, on s'intéresse tragiquement peu à ses pathologies. Et c'en est une que de foutre en l'air une famille au nom d'un trésor de l'humanité que tu veux avoir pour toi seule. La liberté putain Michelle, je te pensais plus maligne. Plus aristocrate.

Des années qu'il n'avait plus rien à lui dire et voici qu'il n'en finissait plus de lui parler. Enfin, de lui apprendre.

Dans l'économie capitaliste du couple, ma chérie, comme dans l'économie capitaliste du monde, vois-tu les besoins prolifèrent. Alors on en néglige plein pour en satisfaire un seul. Toi par exemple tu as négligé toute ta famille pour courir après un seul truc : ton autonomie. C'est imbécile mais c'est normal aussi. C'est le modèle qui te l'impose et toi tu es fragile.

Sirius aurait pu faire la même analyse en reconnaissant qu'il avait négligé Michelle au nom de son besoin premier, sa réussite professionnelle, mais il n'en était pas là, pas tout à fait.

Elle lui manque. Comme hier, comme la veille, il contemple l'idée grandiose et humiliante d'aller se coucher devant la porte, promettre des tas de choses, dire son amour, ses convictions quant à la capacité des compteurs à revenir à zéro. Qu'est-ce qui le retient.

Eh bien se coucher bêlant devant des portes, qu'est-ce ? La passion.

Or Sirius ne manque ni de la peau, ni de la voix, ni du parfum de Michelle. Il devra bientôt connaître la vérité sur son amour dont il dit qu'on le lui vole. Il ne l'éprouvait pas. Il éprouvait autre chose, beaucoup plus fort, attaché par un réseau de nerfs à son cœur et constituant à côté de celui-ci un autre gros organe vascularisé dont l'ablation pouvait détruire le fonctionnement de l'ensemble : une certitude.

Michelle était à lui, il était à elle.

Chez Sirius l'aversion pour la perte atteint des sommets inouïs, que peu de femmes fréquentent, surtout pas Michelle. Alors, ce qui dans la fuite de l'amour le rend fou, c'est d'être celui qui perd. Il le sait mais ça ne change rien. Il perd, ce n'était pas prévu. Et dans sa chair il souffre ce martyre-là.

1 h 15. Sirius s'est endormi. Dans l'intervalle, au premier étage de l'hôtel, la lumière persiste. Elle aurait pu pour se coucher éteindre tous les spots, couvrir ses yeux d'un masque comme avant, quand elle avait doublé dans sa chambre les volets roulants d'un rideau occultant. Qu'est-ce que tu caches, demandait Sirius, pour avoir tant besoin de nuit, mais c'était pour la forme. La vie intime de Michelle, après l'avoir intéressé puis terrifié, lui était devenue sur la fin, et même un peu avant, parfaitement indifférente.

Sirius manque de sommeil, comme tout le monde dans cette vie. Ajouté à son naturel angoissé, ça donne les histoires à la con qu'il se raconte à la moindre occasion. Ici un homme est monté qui baise Michelle lampe allumée, un jeune. C'est un truc de jeune, la lampe dans la tronche.

1 h 30. Un homme justement sort de l'hôtel. Voilà. Elle plaît à ce genre de type en chemise et bottines, sans sac à dos ni veste, standard du

vingtième siècle qui ne porte sur lui que sa montre et une carte bancaire et n'a aucune raison de se rendre dans ce disons hôtel sans une raison aussi valable qu'une femme comme elle. D'ailleurs, tant Michelle doit l'affoler, voici que le genre de type remonte.

Pour rester éveillé Sirius s'en reprend à Michelle. Elle est influençable la pauvre, affectée de ce penchant couillon qui lui fait confondre lanterne et phare de la nuit dès lors que la lanterne parle un peu fort. Et elle n'a que ça autour d'elle, des sous-éclairées qui font passer leur solitude pour une position sociale, leurs défaites pour des radicalités amoureuses. Qui ne ressemblent tant à rien qu'il a fallu leur inventer un nom. Les célibattantes. Elles t'ont dit quoi, Michelle, ces connes : viens avec nous ? Elles t'ont dit sans divorce pas d'émancipation et toi tu es tombée dans le panneau ?

Sirius cogne sur le volant. Avant l'étape incompressible de la croissance d'une femme c'était bosser, maintenant c'est disparaître, est-il enfin parvenu à s'exciter. Prouver qu'elle peut faire ça, quitter la base, planter la gosse. Et pour quoi faire ? Un requiem, un nouveau plafond à la chapelle Sixtine ? Non, régler toute seule de pauvres problèmes de fric et donner des rencards dans des hôtels, payer son verre si ça se trouve. Sirius ne voit pas le progrès mais voit nettement l'arnaque. Sirius est pour qu'on en parle à l'école. L'idée que Lou marche dans les traces erratiques de sa mère, il n'est pas certain de savoir vivre avec. Enfin il est sûr qu'elle fera mieux, Lou n'a pas dans la tête ce truc de Michelle, là, ce. Pet au casque.

Parce qu'il faut le reconnaître à la fin. Michelle, on dit l'artiste, l'artiste. Elle est surtout moitié folle.

À 1 h 30, qu'elle aille se faire foutre. Sirius a soif.

Sirius rentrera ivre mort et sa mère se demandera où, à 3 heures dans le quartier, a-t-il trouvé de quoi s'arranger dans ces proportions. Il te foutra moi ça dehors, Sirius, gueulant à réveiller la petite, décidé enfin à consommer la catastrophe. T'es pas à Châteauroux toi ? C'est vrai, qu'est-ce qu'elle fout là la vieille à faire des réflexions, avec son vieux tout seul à Châteauroux à pas savoir se faire cuire un œuf.

Et une autre qui pleure. Il est méchant, c'est ça. Barre-toi, toi aussi.

— Papa...

Quoi papa ? Voilà le tableau, c'est ça qu'elle a fait ta mère.

Réveil dans l'odeur fade et refroidie de l'étranger. Souvenir immédiat, presque sonore. Tu te feras buter. J'ai dormi deux heures tandis que la phrase me regardait dormir, attendant le matin pour me transpercer d'un pressentiment. La menace, registre cher aux incapables, répandu dans les chambres, la rue, les bureaux, les temples et les familles, n'est plus censée m'émouvoir. Et pourtant tu te feras buter communique à mes os une terreur ancienne, infusée depuis l'enfance.

Je suis exposée parce que je suis ici et que je suis comme ça, isolée et atteinte. Je suis en danger et dangereuse car en forêt, le danger vient au train des animaux déboussolés. Les viciés, les infirmes, les sortis de la harde par bêtise, accident ou pure vieillesse, qui puent la glissade et la démission, toujours quelque chose arrive dans le sillage infect de ceux-là. Une meute, un fusil, même un loup. Alors la mort après eux, ils y exposent tous ceux qu'ils croisent ou qu'ils rejoignent, la troupe même qui est la leur. Leurs petits. Ne jamais se laisser atteindre par ses poisses vivantes et leurs poursuivants est l'art dans la forêt.

Et sûrement Sirius répondait à cet instinct de sauvegarde quand il m'appela, prétendant discuter d'une décision qu'il avait déjà prise.

— Je veux que Lou reste avec moi pour le moment.

— C'est-à-dire ?

Il constate que notre arrangement des sorties d'école n'était pas le bon puisqu'il s'était effondré en moins de deux semaines. Peut-être que ma vie privée dont il ne voulait rien savoir contribuait à égarer mes réflexes adultes et maternels mais.

— C'est-à-dire ?

Bref décidons, disait-il à l'impératif, de faire un truc propre. À savoir établir une garde alternée pure et dure dès lors que j'aurai une solution.

— C'est-à-dire ?

D'aujourd'hui à ce que je retrouve logement et équilibre, et dans la mesure où les vacances venaient pour la zone C, Lou serait mieux à la mer avec ses cousins. Je pourrais *du coup* lui rendre les clés.

Je suis la poisse vivante, l'animal éreinté.

— Son équilibre c'est moi, dis-je sans y croire une seconde. Si je ne la vois pas, je vais couler.

— C'est une enfant Michelle, pas un flotteur.

Il continue. Plutôt qu'inquiéter ma fille par un spectaculaire déficit de ressources, il me proposait de consacrer celles qui me restaient à reprendre poil de la bête, nerf de la guerre et vent dans les voiles. Toutes les métaphores des forces élémentaires servirent à Sirius qui ne pouvait parler franchement de toit, de bouffer, d'un peu de fric et d'arrêter de trembler comme ça.

Car être clair c'est aussi être proche.

Et Sirius ne voulait plus, ça s'entendait. Avait disparu ce quelque chose de ténu que j'avais entendu dans ses derniers appels, qui reliait encore sa parole à l'espoir. Et j'entendais cette absence comme j'entends les ruisseaux cachés. Il ne demandait plus si je mesurais mes actes, la portée du gâchis, ne me promettait plus d'être implacable le jour où je reviendrais. L'agressivité sourde qui flatte l'avenir parce qu'elle demande qu'on se dresse contre elle au corps à corps, et aussi la foi qu'il avait eu longtemps qu'en matière d'union comme de lave tout redevient solide un jour, tout cela en lui, finissait.

Je n'ai pas rué.

Je progresse.

J'ai appelé quelqu'un.

— Alors ?

Le médecin disposait d'un créneau le jour même, demi-heure quotidienne qu'il conservait pour les urgences. À voix haute mais ébréchée, je regrettai de prendre la place d'un cas vraiment critique, et lui répondit installez-vous. Il aimanta ses deux mains par la pulpe des doigts, croisa les genoux et fit pivoter son siège d'un quart afin de nous désaxer. Il ne bougea plus, démentant tout intérêt préconçu envers ce qui m'amenait, sans m'interdire de penser qu'il n'attendait que moi. Je compris l'intérêt des roulettes à mon fauteuil. Moi aussi je pouvais me placer dans l'axe qui me convenait. Nous étions égaux.

— Ça va mieux ?

Pire. L'hôtel où personne ne m'aime et ne fait vraiment semblant de m'attendre a épuisé ses charmes discutables et rose saumon. Pour ma fille, ma peine devient radioactive. Je manque de tout mais un Sirius triste et responsable me retire cependant la bouée. Je n'ai rien. Rien emporté d'autre en m'arrachant que cette dépouille-là, avec sa peau réactive et la trouille intraveineuse, bonne à rappeler les chiens en forme de mères qui sont partout. Je me sens infirme, femme voyageant seule dans un fauteuil roulant à contresens sur l'autoroute. Ça pourrait durer, la peur, comme la dette, n'est pas sujette à la baisse. Son tempo, c'est l'inflation.

Je n'ai rien prononcé de ces phrases. Il savait déjà.

— Vous disiez la peur c'est le sursaut vital. Je suis toujours au lit et j'ai jeté l'ordonnance.

Il le savait aussi. Nous allions la refaire. Quoi d'autre ?

— Je dois prendre une décision, j'ignore laquelle.
— Ça ne va pas durer. Ça vient.
— Si je pouvais encore appeler ma mère, je l'appellerais.
— Vous ne l'avez plus ?
— C'est ça. Vous pouvez, vous ?
— Appeler votre mère ?
— Non. Me dire quoi faire.

Soit que son regard joyeux prît quelque chose de plus doux, de plus vague. Soit que tout simplement la lumière du jour baissât.

— Je ne peux que vous aider à le savoir.
— Mais moi j'ai pas le temps.

Il sourit mais c'est vrai. Du temps, je n'en ai plus. J'incarne la fuite en avant, des chiens et des fusils à ma suite, ça devrait se voir.

À présent, il déplaçait des objets, me tournait le dos, soudain tout entier appelé à la fenêtre qui plongeait derrière lui sur la rue, observait, ne prenait pas de notes et je ne le prenais pas pour moi. Les notes on ne les prend que pour les jeter, incapable de se relire.

— On peut allumer ? Ou ça fait partie du truc, rien voir ?

— Vous aviez écouté quoi lors de la dernière décision ? maïeutiquait-il en bricolant le variateur du plafonnier.
— Quelle décision ?
— Partir.

Ah ça. Était-ce une décision ou une maladie, un abandon au corps ulcéré, tartiné de Cicalfate, crème au zinc qui tache les vêtements noirs ? Je ne sais plus.

— Le corps. Vous avez écouté le corps.
— Oui. Fallait pas ?

— On écoute le corps quand on ne peut plus s'en remettre à rien d'autre, j'imagine.
— Vous pensez que c'est bien ?
— Qu'est-ce qui serait mal ?

Sérieusement, mon corps à la longue dois-je persévérer à l'écouter. Il s'agirait si j'en crois ma légende d'un ruminant fragile et apatride, regardez où ça nous mène. Mais je me tais à nouveau. Lui aussi. Le feu me recommence sous la peau. Il m'observe, tandis que de la main droite je laboure mon avant-bras droit et de la gauche, l'épaule droite.

— Vous pensez à quoi ? demande-t-il.

Image des Vosges. Dans une fin d'avril, des vergers fruitiers dégelant sous les vents d'ouest. Mon père caressant comme si c'était quelqu'un l'écorce déchirée d'un poirier, aussi agacé par l'état du fruitier que par l'insouciance des biches. Au printemps, la chair des arbres est si tendre qu'elles s'en gavent, ainsi que des toutes jeunes pousses. La sève qu'elles y pompent peut les mener jusqu'à l'ivresse et leur comportement s'en trouver modifié. Un lynx ou un aigle les auront les doigts dans le nez.
— Aux animaux. J'y pense tout le temps, c'est comme un tic. Ou un souvenir.
— Intéressant. Le propre des animaux aussi c'est manquer de parole. Cela n'empêche pas de se faire comprendre. Quoi d'autre ?

— De ?
— Le propre des animaux, quoi d'autre ?

Le propre des animaux c'est survivre, fuir et continuer. Ils se remettent de tout. Enfant, j'avais accueilli un faon, des hérissons, un lièvre, un bouvreuil, une taupe, une chouette, une souris des champs. Tous sonnés ou bancals, ils étaient repartis un jour dans les bois, soudain vaillants. Je lui raconte la ménagerie de mon enfance. Il s'étonne qu'on puisse préférer aux gens la compagnie des animaux sauvages. J'ai supposé qu'on était mieux défendu avec les seconds.

— Défendu contre quoi ?
— Hop hop hop.

Je l'ai arrêté tout de suite, je n'avais pas les moyens, même remboursée aux deux tiers, de m'engager sur une fausse piste. Je n'ai jamais subi aucune agression, ni coup ni viol. Tout juste quelques violences des rapports en milieux sensibles dont professionnels, manipulations standards face à quoi je n'étais pas toujours en reste. Question suivante.

Il n'en avait pas.

Ce n'était pourtant pas la fin de la séance et à bien y repenser le créneau d'urgence était double.

Doté d'un vif esprit d'escalier, le médecin a encore voulu savoir ce qu'aurait dit ma mère, du temps de sa parole. Troublante question, ma mère n'encourageait personne et sa parole était violente, c'est difficile. Quelque chose, insista-t-il, n'importe quoi, un mot, ce qui vous vient, ce qui est au bord, poussez-le dehors. J'ai ri, le son m'a surprise. J'ai bien aimé alors j'ai fait durer, sans effort.

Rire ce n'est jamais qu'une seule voyelle, que la même voyelle qui recommence. J'avais oublié à quel point c'était facile.

— Ma mère aurait dit prie.
— Qui ?
— Dieu, j'imagine.
— Elle priait ?
— Je crois.
— Ça lui a réussi ?

Je rappelle le bénéfice désormais connu d'une vie à attendre mains jointes : on ne sait pas. La récolte se fait au ciel ou dans la prochaine incarnation.

Impasse. On convient bientôt lui et moi que la prière, assimilée à la demande, nous renvoie au régime de la prise en charge par plus masculin que soi. Régime que précisément j'ai spectaculairement abandonné, avec armes, bagages et appartement. Alors. Oui, alors.

— Le contraire de prier ?
— Dormir ?
— Autre chose.
— Non…
— Agir, peut-être ?

Agir. Seigneur. Je garde pour moi une impression fort négative quant à ce verbe. Agir c'est très ordinaire, c'est un peu comme voyager, parmi toutes les manières d'être au monde nous touchons à la plus roturière. Et en attendant les quatre-vingt-dix euros se mordaient la queue : la réponse (faire) consistait en une traduction brutale de la question (que dois-je faire). Je veux bien condescendre à l'action mais comment, mais quoi.

Déjà, je ne sais rien faire sans un homme.

Son sourire a pris quelque chose d'indéfinissable.

— Vous avez déjà essayé ?
— Si je vous dis je ne sais pas nager, vous me répondez et vous avez déjà essayé ? Du coup j'essaie et je me noie ?
— Je vous répondrais apprenez.
Et d'imprimer, en changeant la date, l'ordonnance de la dernière fois.

Passant devant la salle d'attente, j'entends quelques patients commenter leur impatience.

Zaccaria leur a mis dans la vue une bonne heure de retard et ce n'est pas son genre.

Je sors sur le boulevard avec la sensation de laisser sur les murs des particules de frayeur. Comme au long des herbes hautes, se colle la sueur des biches débiles et faciles à mordre, pour qu'on les trouve. Ce soir-là, ce soir-là enfin, j'ai pensé faut que ça s'arrête, faites que ça s'arrête. Et j'ai cherché la croix.

La plus proche scintillait à trente mètres, verte.

Longtemps au comptoir des pharmacies, si je devais demander des produits sédatifs ou antalgiques autres que des tisanes, je prenais des airs dégagés. Ce n'était pas pour moi, je faisais là les commissions des autres. Pour mon père, ma sœur. Je demandais force explications afin que ces mauviettes ne se plantent pas dans les doses, personnellement je n'y connaissais rien. Va savoir. Vieille honte de prétendre au secours réservé aux faibles, type d'embarras qui doit beaucoup s'exprimer aux Restos du Cœur. Je n'en ai pas besoin, on n'est pas des assistés. J'avais en outre été dressée dans l'idée que les médicaments agressaient l'organisme pour ne soigner rien que des symptômes, cette invention, qui s'encaissaient en serrant les dents et en s'occupant les mains. Avaler des cachetons relevait d'un mélange de veulerie et de soumission dogmatique à des sciences indiscutées, geste aussi payant qu'aller à la messe et autrement plus corrosif pour le foie. En gros, j'avais pris l'habitude d'endurer à sec en attendant que ça passe.

Et puis surtout, cela ne se disait pas mais cela se vivait, chez moi ce sont les hommes qui prennent en charge. Pas les molécules. Mais c'est là une autre histoire, relique du passé dont je finis à l'instant de me débarrasser, passez-moi la came.

Au comptoir j'exaspère la préparatrice. Ses ongles pianotent sur le verre du comptoir et deux fois elle soupire. Une fois pour ma lenteur à découvrir au fond de mon sac une carte Vitale qui se révéla être une carte de fidélité Biomonde, une autre pour la nervosité stone de la fille qui viendrait d'accoucher mais en moins émouvante et beaucoup plus tapée. Je suis l'encombrant boulet dans la file, moins d'un mot à la seconde, se souvenant la CB entre les doigts d'avoir besoin d'autre chose mais qu'est-ce. Puis des plombes à choisir un shampooing, le genre qui décide devant le rayon si ça vaut vraiment le coup de continuer à se laver les cheveux. Je me mets à la place de la commerçante, je me bafferais. Mais tout de même. Je devrais avec mon teint gris pâle, ma paupière calcinée, les lèvres blanches, inspirer enfin une pitié sans bornes.

J'obtins une boîte de vingt-huit comprimés. Il fallait ingérer le premier illico, puis un par jour, puis attendre trois semaines le plein des effets en s'accrochant à la rampe. Ce médicament était révolutionnaire, douce l'adaptation au principe actif, facile le décrochage, à se demander pourquoi tant de gens cherchaient des produits frelatés dans la rue.

— Celui-ci n'est pas complètement remboursé, on vous l'a dit ?

Non mais j'aurais pu m'y attendre. Il est prévu que je raque pour respirer, apparemment c'est écrit quelque part.

Dans ma chambre, je décidai de me cultiver sur le net à grands coups de ces expertises profanes qui défient souvent l'orthographe et même le sens commun, qu'on appelle prudemment des avis.

Mon médicament rose était pour partie très bien noté et pour partie très mal par des patients nombreux et disparates parcourant tout un arc d'appréciations allant de mirakle je retrouv ma peche davant à impossible de bander, sommeil tout le temps et envie de me flinguer. Tout sonnait chimiquement vrai. Densifiant encore le réalisme de leurs avatars, les cobayes volontaires à tu et à toi s'apostrophaient entre eux. 04:34 le 7 mars #OmyMom supposait faire avec ce traitement l'objet d'une expérience scientologique, une secte rémunérait les médecins traitants à chaque pigeon. #chatdcévennes commentait le post d'un va te faire soigner ; quinze minutes plus tard #OmyMom répondait légitimement céskeujfé connard et à 9 heures tapantes le modérateur, peut être un scientologue, supprimait les messages. Sur le site médical de référence, six cent soixante-quinze avis portaient le comprimé rose à une stricte moyenne avec deux étoiles et demie sur cinq à l'image d'un Flaubert de base sur Babelio, pas tout à fait trois étoiles. On pouvait mathématiquement en déduire que le consternant produit était génial.

Ainsi j'atteignis dans la soirée un groupe social toujours plus étroit, plus qualifié : femme voyageant seule sous antidépresseurs. Combien sommes-nous. Quels sont nos usages, nos pratiques, nos préférences. Nos trajectoires. Qui nous étudie ?

Le comprimé avalé, je me postai à la fenêtre, disposée à remonter la pente. Enfin non, l'image est dans le désordre. J'attendais de voir la pente remonter devant moi pour éventuellement l'emprunter. Mon médecin m'avait invitée à observer les effets secondaires pour les lui restituer, ce traitement étant patient-dépendant. Autrement dit on ne sait rien de ses effets marginaux ressentis par les patients et l'on compte sur eux pour documenter la posologie ; autrement dit j'avale un truc somme toute expérimental mais si je m'étouffe, je rends service.

Je me couchai, fantasmant le travail d'électricien du cachet, infime lutin en salopette bleue hésitant à connecter le fil rouge au fil vert, puis débranchant dans un éclair de génie le nerf du chagrin pour faire de moi la brute qui demain saurait se trouver un toit, du travail et une marche à suivre.

J'attendis le matin en regardant de haut la peur, elle allait disparaître. Avec tout ce qui, de délicat, poussait autour. La chimie ce n'est pas du tir à l'arc, paraît-il, mais du napalm.

Un instant l'idée me traversa que cette disparition serait ma perte. Que le napalm aurait la peur, la biche et tout son biotope.

Ça marche. Peut-être les gens le savaient-ils – probablement, la consommation de psychotropes a augmenté de 34 % *depuis le Covid* –, moi je l'ignorais. Le choc de la thérapeutique fut à la hauteur du choc qui l'avait justifiée. Dix jours de prise à heure fixe et déjà la vortioxétine démontrait sur mon âme ses premiers effets tonifiants. J'appelais les propriétaires d'appartement à raison d'un à la minute, je mangeais comme j'avais dit, trop mais qu'importe, je notais des tas de trucs sur mon téléphone. Des noms de sérums à la vitamine C, des adresses de restaurants, les films qu'aimait *Le Masque et la Plume* et j'envisageais d'aller les voir. Je me voyais devenir enfin moi-même, gourmande et sympathique, réellement jouasse à l'idée de consommer des biens culturels tout l'après-midi dans la perspective d'en parler le soir à l'apéritif avec des gens que, subitement, j'avais envie de rappeler. J'irradiais de cet optimisme transgénique qu'un an auparavant j'aurais qualifié de pure connerie. Après quarante ans d'autarcie à racler le fond de ma pauvre sérotonine maison, j'accueillais à pleines cellules le miracle de la chimie. Trouver un nouvel habitat, par exemple, me semblait facile. Un jeu.

Mais d'appartement, je n'en avais pas cherché depuis longtemps. J'avais trouvé le précédent avec Sirius six ans auparavant ; nous affections alors le comble du bonheur à l'idée d'emménager une fois pour toutes et déjà, nous affections mal. Personne ne fait ça ici, personne ne cherche la fois pour toutes, ni même son illusion. La ville ne s'y prête pas. Paris on vient pour commencer et on y reste pour pouvoir recommencer. Réapprendre, retrouver, redisparaître, aimer encore. Sinon ça n'aurait aucun sens.

Jusque-là j'étais bien à Paris, je ne m'en plaignais jamais, ni des hommes ni des prix, presque chaque jour émerveillée d'un truc, un pont ou un comportement, personnifiant depuis vingt-cinq ans le mythe utile de la provinciale qui ne se remet pas du voyage.

Paris m'avait longtemps soignée.

À Paris, la crainte, si vive soit-elle, trouve toujours quelque chose, une altérité, contre quoi s'écraser, une angoisse plus grande, une fête ou simplement l'intensité de l'éclairage urbain. Et les grosses villes occidentales, parce qu'elles contiennent en puissance toutes les déceptions, toutes les tentatives, toutes les choses et toutes les ambitions tous les jours, invitent à chaque coin de rue au relativisme absolu. On pouvait, avec un peu de patience, y approcher un calme intérieur entre le « rien à foutre » et le « on verra », introuvable à moins de trois, quatre millions d'âmes et soixante-dix mille euros de PIB par habitant. Aussi, de Paris, je ne sortais pas souvent.

J'y étais arrivée en l'an 2000 avec un garçon de mon âge, protégée comme une gosse par un autre gosse qui échouait à se protéger lui-même. On s'était lâchés vite, il avait gardé le studio. J'en avais depuis cherché des maisons, composé des numéros, imprimé des annonces, attendu en m'y croyant, espérant l'ascension de ma candidature carencée en haut de la pile chez les tout-puissants propriétaires de vingt-cinq mètres carrés dont mezzanine sans double vitrage. Espoir qui souvent finissait chez les autres, avec des arrangements colocatifs nuisibles à l'épanouissement sexuel de tout le monde.

À Paris, les premières années, je m'occupais déjà essentiellement d'avoir peur de tout, sans que jamais mon instinct précise à ma conscience de quoi. Il s'agissait alors, pour gagner en sécurité, il s'agissait toujours de n'être *en proie* à rien. Ni passion, ni course, ni joie. Je me sentais si oscillante au bord d'un supposé gouffre que je n'essayais rien qui pût m'y faire basculer. L'emploi du temps consistait à bien se nourrir, lire, dormir, consulter d'autres filles, surtout les échouées. Le récit de leurs traversées d'un foyer l'autre, d'une famille l'autre parfois quand elles s'accouplaient à des garçons déjà pères. Je répertoriais les raisons de ne pas essayer, démissionnais des endroits où régnait la compétition, tirais les tarots, allais à la salle y risquer au moins le corps à l'effort. Je gardais d'une lecture ou d'une prémonition que le corps devait être, lui, toujours prêt. À quoi, c'était confus. Entre aller plus loin et aller au feu, mais plus tard. Les journées étaient toujours un peu trop longues et le soir, épuisée d'inertie, je prenais de l'Euphytose et au matin je recommençais.

Tel mode de vie reposait, j'allais dire évidemment, sur la constance de l'état étudiant. Étudiants assistants de recherche, étudiants chargés de cours, étudiants travailleurs humiliés à mi-temps dans les métiers de l'intelligence mais étudiants avec la carte du club des jean-foutre quasi trentenaires, avec nos arrogantes, nos séculaires excuses pour continuer à mémoriser des citations un an de plus dans la torpeur de la Bibliothèque nationale, un an et encore un an dans la prolongation magique des APL.

J'avais retrouvé à la BNF la grâce des piscines municipales de mon enfance. J'aimais la grande bibliothèque de Tolbiac, comme j'aimais enfant le fond du bassin public, deux lieux où pour des raisons différentes, personne ne vous parle à voix haute sans être muni soit d'une autorisation administrative, soit d'une impossible capacité amphibie.

Je me diluais à mon rythme, incroyablement doux, dans une ville très occupée à en ronger d'autres, bien plus vite. Ceux-là, nocturnes, racés, rageux, réclamant partout et même la nuit des futurs qu'on leur devait, écrivains sans texte souvent, dont j'étais si proche mais que je regardais comme une race à part car ils osaient y prétendre. Je les touchais parfois, quand ils étaient beaux et faciles. Deux trois nuits d'affilée. Eux, leurs fronts agités, leurs verres, leurs sexes. Rares séquences où je vivais ma jeunesse, comme disent ceux qui ne l'ont vue ni commencer ni finir, où je faisais n'importe quoi, c'est-à-dire simplement ce qui était permis. Veiller, boire, baiser, mentir, disparaître dans la ville forêt, reconnaissant aux longues trouées de liberté qui m'étaient ouvertes les voies frayées plus tôt par les corps de femmes violentes et joyeuses qui n'étaient pas de ma famille.

Et puis j'arrêtai tout, soudain.

Ces remontées à la surface de la ville, parmi les autres, me rendaient nerveuse, parce qu'elles me laissaient entrevoir ce que j'aurais dû faire de mon âge glouton, pu vivre, dû vouloir. Et à nouveau je me laissais tomber, touchais le fond de la bibliothèque à Tolbiac. Encore un matin, encore un mois.

Blanche, elle à l'air libre, déjà radieux rapace, s'étonnait, on ne descend pas tous les jours dans un endroit pareil sans y être obligé. Ou alors c'est qu'on attend quelqu'un.

Était apparu dans ses murs, cafétéria du rez-de-jardin, un grand type taillé dans un seul tronc dont la fragilité était si peu apparente que Biche le choisit avant même de connaître son prénom.

Jeune fille tranquillisée, je sortis de la BNF telle que du couvent avec quelques connaissances et un protecteur qui, comme les suivants et pour quelques années, comme Sirius plus tard, étoufferait la peur sans jamais l'interroger.

Et à nouveau aujourd'hui, seule et renchérie d'un enfant, il fallait trouver où et comment vivre.

En ce lundi, j'avais programmé cinq visites dans la journée. J'étais très en forme, je ralliais les adresses déprimantes en courant. Dans l'après-midi même, de ce côté droit de la rive, où pullulait en loques l'haussmannien fin de race, je pus visiter quatre logements que la loi de l'offre et de la demande en roue libre embourgeoisait du titre d'appartements familiaux.

Autant de stupéfactions qu'il n'est pas utile de rapporter. Disons que le cinquième, identifié sur un site réservé aux particuliers, affichait un loyer presque réaliste, une adresse praticable et un certain horaire de visite. Maintenant.

Il offrait sur soixante mètres carrés au deuxième étage d'un boulevard un plancher très incliné, mais se trouvait à cinquante mètres de l'école. Il était presque dans mes moyens, en cas de coup de bol au concours du dossier. Il était donc suspect. Les propriétaires orchestraient la visite eux-mêmes et se présentaient par leurs prénoms, Valentine et Antoine.

Je suivais Valentine le long du produit composé d'un couloir interminable et de deux pièces contiguës qu'elle appelait enfilade napoléonienne. Elle avait mon âge environ, racontait sa vie d'ingénieure dans l'énergie verte, ses deux gosses turbulents, Apolline et Créon, avec trop d'entrain pour être une créature locale. En effet. Val de Loire m'avoua-t-elle bientôt, réjouie. Elle avait conservé ce pied-à-terre après leur départ pour Blois. Les enfants s'épanouissant autrement mieux avec de l'espace et un jardin, chuchotait-elle comme on se passerait la recette de l'eau chaude, mais à voix basse. Elle avait vécu ici heureuse mais, dès le premier enfant, les lieux étaient apparus pour ce qu'ils étaient. Mesquins.

Derrière elle, Antoine faisait la tête du type qui, au fond, se doute qu'on ne parle pas de l'appartement.

— Vous avez des enfants ?

— Je ne sais pas, inaugurai-je un voile sur le joyeux visage de Valentine.

En effet, le médicament avait des hauts et des bas qui vous entraînaient sans prévenir vers ce genre de phrases.

Ainsi qu'à l'agence, la rhétorique de l'immobilier chez Valentine et Antoine aplatissait gaiement les contradictions les plus saillantes. Ainsi ils faisaient un « gros effort sur le prix » et justifiaient un loyer pas tout à fait délirant par l'obligation pour le gagnant de repeindre l'enfilade napoléonienne, isoler les fenêtres, installer une cuisine aux normes. C'était, romançait Valentine, la « contribution » du locataire en retour de l'effort tarifaire consenti par le propriétaire. L'un annulait l'autre dans des proportions qui avaient déjà fait fuir les deux visiteurs entrés avec moi.

Haussmann, ses façades, ses boulevards. J'étais un peu venue à Paris pour lui. J'avais appris l'architecture de ma propre ambition en lisant Balzac. Ces gros immeubles banquiers, ces porches assez larges pour laisser entrer côte à côte deux voitures attelées les soirs de réception qui voyaient surgir George Sand en pantalons. Le vertige sous les plafonds, les fenêtres immenses qui découpaient dans le même carreau le ciel et toute la rue. Dans ma forêt, je rêvais ce décor minéral gris-jaune, m'exerçant de tête à le traverser sans avoir l'air cruche.

Maintenant que le dénivelé aberrant du parquet, les deux cents ans de crasse entre ses lames, les trois bouts d'ornements plâtriers émergeant sous deux cents couches de peinture, le marbre poncé des cheminées n'avaient plus ni relief ni arrogance, maintenant qu'une douceur navrée baignait les pièces ineptes, ce décor me semblait plus que jamais prévu pour moi. Fatigue de pierres qui me disait exactement où j'en étais. À l'intersection du dépassé et de l'inconnu, hésitant entre la ruine et la restauration.

Soudain j'eus le crétin projet d'effectuer moi-même les travaux contributifs. Depuis le Covid, on sait que monter des cloisons et couler des dalles ne s'apprend plus sur le tas mais sur le net et après neuf jours de traitement, je me sentais des forces à soulever une pelle et confiante en son maniement. Alors c'était ça, l'antidépresseur. Assistant rusé et balèze, il rendait en moi les services de l'homme de l'âge classique sans en prendre la forme pignouf. Il vous épousait, vous portait aux nues de vos possibles et sans demander rien en échange. Sentiment de découvrir le lave-vaisselle dans une réclame des années 1960. Tête de la fille en minijupe et gants Mapa à qui s'offre, sans avoir à quitter la baraque, la révolution culturelle.

— Vous faites quoi dans la vie madame Darras ?
— Pardon ?
— Comme métier.
— Ah comme métier !
— Oui. Votre travail.
— Je dirige le département veille d'une agence de conseil médias.

Chez Valentine, ces mots ensemble revêtaient de toute évidence un sens précis et enthousiasmant.

— Ça pourrait aller vite alors pour la constitution du dossier ?

— Je pense, oui.

— Vous avez visité beaucoup ?

Je n'écoutais plus, distribuant dans les pièces les fantômes des meubles que j'avais laissés derrière moi. Là le vieux fauteuil tapissier, ici devant la cheminée le petit canapé rouge, devenu orange d'être demeuré à la lumière des étés. Et la table ronde aux pattes coupées qui fait fonction de table basse séparerait le fauteuil du pouf dodu en velours paprika trouvé sur un site dédié aux pièces emblématiques des années 1980. Ce serait très bien.

— Le garant est indispensable à mon niveau de revenus ? C'est ça qui prend du temps. Dis-je.

Valentine consulta Antoine du regard, puis la fenêtre, puis à nouveau Antoine. J'évoquai un chiffre en K euros avec la facilité des nantis qui pensent en revenu annuel brut et ne se fatiguent pas à prononcer les zéros, ces manants. Allons ils n'étaient pas procéduriers et allaient étudier tout cela sur pièces. Au sommet de son échelle de valeurs, Valentine plaçait « en un » la confiance.

— Et en deux ? dis-je par politesse.

— Moi.

Fut la réponse d'Antoine suivie d'un bon gros rire exceptionnellement partagé avec sa femme, suivi de luisants clins d'œil conjugaux.

J'étais jalouse.

J'avais beaucoup pratiqué ce plaisir privé, indéchiffrable au reste du monde, qui tient lieu de vie érotique aux couples très occupés, qu'on appelle complicité et, dans certains milieux, connivence intellectuelle. Ils se sépareraient un jour, dès que bien sonnés les dix-huit ans d'Apolline. Ils perdraient leurs repères et leurs supports, ils garderaient l'intelligence s'ils savaient s'y prendre.
— On fait comme ça, Michelle.

Je repartis d'un pas que je ne connaissais plus. Tout comme ces réflexes de marlou que je pensais avoir perdus dans les années 1990, et qui venaient de me faire annoncer un CDI fictif.

Quelques heures plus tard, alors que je regagnais mon pseudo-toit, un employé en costard étiqueté à la boutonnière « Étienne – Direction », requit mon attention deux minutes. En sa courtoise personne, l'établissement me signalait un rejet de l'acompte demandé à l'arrivée, qu'au vu de la durée imprévue de mon séjour l'hôtel avait encaissé. Était-ce bien légal ? songeai-je. Trop tard, démonstration était faite de mes limites. Le compte joint avait été clôturé.

— Vous ferez le nécessaire ? feignait de ne point s'affoler Étienne Direction.

Refaisant l'histoire plus pétillante que nos pauvres réalités, je dirais qu'à cet instant atterrit parmi mes mails la relance du lycée de l'Est qui n'était plus censé m'attendre depuis trois semaines. On se réjouissait de ma désormais très prochaine venue. Signé du professeur de français en charge du programme, le message disait l'impatience des élèves, on m'appelait par mon prénom, on m'avait réservé une chambre d'hôtel, on m'en décrivait la vue laissant apercevoir le vert d'une rivière que moi je savais marron.

S'y joignaient un contrat d'auteur-intervenant et autres autorisations à l'image que je voudrais bien signer afin de faciliter le travail administratif supportant l'événement. On m'accueillerait le lundi 25 à 10 heures et tout semblait aller comme rarement de soi.

Tandis que des spasmes de plus en plus proches m'informaient que le médicament réorganisait, outre ma perception du réel, tout mon système digestif, je pris le téléphone pour me faire confirmer le traquenard.

En effet.

Blanche, une fois avertie de mon refus catégorique, avait positivement répondu à ma place. Blanche ne s'explique pas en général, sans quoi l'exercice de son métier d'agent, avec ce qu'il compte de coups de dés et de nécessaires perfidies, deviendrait impossible. Elle me lâcha un évasif je le sentais bien, en quoi consistait souvent le maximum de sa réflexivité et du service après-vente. Elle le sentait bien et j'étais dans un état qui exigeait que les autres me poussent un peu, moi qu'on ne déplaçait plus des lits qu'avec une grue, et puis tant qu'à vivre à l'hôtel autant y être invitée. Maintenant je faisais ce que je voulais. On peut tout à fait survivre à l'idée de planter soixante personnes, des jeunes en plus, du jour au lendemain.

J'ai dû raccrocher, soudain pliée en deux par une violente douleur abdominale.

— Alors ?

Alors ça ne marche pas docteur. Je respire mal, mon ventre s'insurge, évident rejet du corps étranger. On arrête.

— Ce n'est pas ça.

— Si, demain j'arrête cette saloperie.

— Pourquoi un corps étranger ?

— C'est une expression.

— Justement.

Dans la mesure où la médecine était acceptée par mon organisme depuis deux semaines, le Dr Zaccaria estimait que j'étais venue évoquer autre chose, l'autre chose. Cette forme qui tour à tour m'écrase, tour à tour m'étouffe et tour à tour me noie, qui pour faire simple m'accompagne et m'épouvante. Cette compagnie qu'on allait se prendre en face, disons une fois par semaine, dans un procédé curatif qui relevait d'un autre département de son art, la conversation. Bien sûr si j'étais d'accord. Mais considérant la fréquence avec laquelle je me ruais sur les créneaux d'urgence, il lui semblait que oui.

— Une psychanalyse ?

Tout doux. Déjà psychanalyste, il ne l'était pas. Il me proposait une petite cure par la parole, beaucoup moins tape-à-l'œil et certainement plus brève.

— Ça va être plus cher ?

— Pourquoi ?

— On entre dans la médecine de luxe.

— La dernière fois on était dans la médecine de quoi ?

— Avec les médicaments ? Dans la médecine des cons, dirait ma mère.

— Il s'agira donc de votre mère ?

— Ça serait encore plus cher ?

Il rit. Ce qui demeurait d'austère dans sa position habituelle sembla dans le mouvement s'arrondir. Il posa les coudes sur la table puis les joues dans les paumes, et sur moi des yeux qui riaient encore. Je crus qu'il allait me proposer de continuer en bas, au café.

— Ça marche comment ? Qui commence ?

Nous avions commencé. À l'instant où cet effroi intestinal m'avait poussée sur le siège à roulettes, tout à l'heure. Si je voulais bien me souvenir de la dernière chose que j'avais dû avaler, de toute évidence indigeste vu mon état.

Je remontai le court fil des occupations journalières, il m'arrêta quelque part dans l'après-midi quand cette femme, cette amie.

— Blanche ?

Quand Blanche avait dit oui à quoi je voulais dire non.

— C'est la première fois qu'elle fait ça ? Dire oui alors que vous souhaitez qu'elle dise non ?

— Non. C'est courant.

— Donc en lui disant non…

— Je m'attends à ce qu'elle dise oui ?

— Une part de vous souhaite peut-être dire oui à tout ce qui vous arrive… Tandis que l'autre non ?

— Je suis bien avancée.

— Vous préféreriez reculer ?

— En l'occurrence oui. On m'envoie à l'est.

— Qu'y a-t-il de si repoussant à l'est ?

Évidemment tout cela ne s'enchaîne pas tel un QCM. Toute une catégorie d'expressions, toux, silences, interjections, mutisme et rotations du corps entier, s'intercalent et dilatent nos échanges au-delà de la demi-heure.

— Personne. Mes parents n'y sont plus. Personne.

— Pas qui, quoi. Mais si vous voulez. À qui ne faut-il pas rendre visite dans les Vosges ?

— Toujours personne.

— Bien. Il n'y a personne.

— Oui.

— Il n'y a personne, répéta-t-il.

Et il prit une éternité pour ajouter non sans effet :

— C'est parfaitement effrayant, je vous l'accorde.

Et puis un peu plus tard après quantité de silences remboursés :

— Vous partez maintenant ?

Car imperceptiblement, m'aidant de petits coups de talon, j'avais reculé mon fauteuil roulant au plus près de la sortie comme prête à dévaler l'escalier dans cet attelage.

— Je ne peux pas partir. Comment on ferait, pour nous ?

— Nous ?

ARIEL

Séance par téléphone ou pas séance par téléphone est un débat qui agite saisonnièrement l'école psychanalytique mais de toute façon Ariel n'en fait pas partie, il fait ce qu'il veut. Et même chez eux la question avait été tranchée. À regret on avait répondu « pour » au gré de l'épisode Covid-19, dont on ne finit décidément plus de jouir du legs. Plus grand monde dans les bureaux, davantage d'oxygène par salarié, cette asepsie générale dans le contact humain, des individus jadis péniblement affectueux enfin coupés dans leur élan tactile, des chaînes de télévision pour apprendre à se passer de l'école, une meilleure maîtrise dans l'auto-injection d'acide hyaluronique à l'aveugle, partant la démocratisation des pommettes artificielles, et enfin cela : la possibilité de soigner le paradoxe du client à distance.

De loin.

Où que soit le thérapeute, dans l'eau de la baignoire ou vautré sur son propre divan complètement déconsacré, rien à foutre. Ariel, dont la jeunesse allait avec peu d'enclin pour les rigidités et la doxa, s'en était félicité le premier.

Aussi, quand cette patiente, obligée à quelque long séjour hors de Paris, avait souhaité poursuivre leurs échanges par appareils interposés, avait-il répondu par un aimable 06 et la mention des deux règles qui demeuraient attachées à la cure ambulante. Un, les horaires des rendez-vous seront prévus et scrupuleusement respectés ; deux, le paiement de la séance se ferait à son terme par virement. Le cadrage était en effet préférable. Cette patiente, Michelle, avec son petit profil traumatique autrement plus courant que son prénom daté, présentait un caractère à la fois brouillon, fébrile et narcissique qui lui inspirait d'appeler la veille pour le lendemain au mieux, cette patiente-là s'adapterait davantage à des entretiens bohèmes.

À ces réflexions distraites, Ariel occupait sa pause-déjeuner – une banane, un verre d'eau expédiés l'un sur l'autre en dix minutes et on s'y remet jusqu'à 20 heures. Dehors ça souffre et Ariel n'est pas encore financièrement à l'équilibre.

L'après-midi se déroule disons normalement. Au cas Darras, Ariel ne pense pas.

Mais le soir, sur le trottoir du retour, Ariel oublie d'oublier. Il songe qu'en cette cure ambulante, il trouverait peut-être matière à un article pour une fois. Un genre de compte rendu d'expérience thérapeutique ou quelque chose comme ça, que lui prendrait *Le Carnet Psy*. Ariel n'a rien écrit depuis une thèse péniblement aboutie, disposé comme un lémurien quand il s'agit désormais de taper quatre lignes sur un clavier. Alors pourquoi maintenant ?

Pourquoi pas.

Cette patiente, oui toujours la même, avait le don de poser d'intéressants cas de méthode. Que d'aucuns sectaires de l'école freudienne auraient qualifiés d'entraves, songeait encore Ariel se servant dans la cuisine le verre de vin de 20 heures qui, libérant la dopamine, hormone de la récompense, briserait dans dix secondes le cours lassant des pensées professionnelles.

Est-il désigné pour mener la cure de Darras ? s'interroge-t-il en reposant le verre sans le goûter. Dès lors que le motif de sa visite ne concernait plus strictement la prise et les effets du médicament, un psychiatre un peu vieille clinique l'aurait adressée à un analyste distinct du chimiste, par exemple Habib, qui aurait pris en charge le traitement par la parole, tandis qu'Ariel aurait maîtrisé la seule partie pharmacie, histoire de bien séparer les exercices. Mais non, Ariel se reconnaissait encore moins rigide qu'attendu en la matière. Il n'avait pas hésité une seconde à s'adapter au contexte. Contexte tourmenté de Darras, qui avait fait un effort colossal pour se présenter à lui, renversant quarante-deux ans de structures acquises, et ne reproduirait pas l'exploit pour par exemple Habib, qui du reste exerçait à perpète. Il pensait en versant le chinon dans l'évier qu'il dialectiserait tout cela dans le papier, s'il trouvait le temps.

Arrachée une fois du foyer, désormais anesthésiée suite au mal de chien, on s'arrachera de partout avec une déconcertante aisance. Démonstration. Tandis que j'occupe encore ma chambre à crédit, Blanche entre au Modern vers 18 heures, Norman à la réception m'en prévient, je l'en remercie, le priant toutefois de la faire attendre quelques minutes car je sors de la douche. Blanche échange alors probablement des vues désolées sur la météo avec Norman, qui, ainsi, peut apprécier de près cette folle allure qu'il aperçoit d'ordinaire filant de la porte à l'ascenseur, dans un jet de tissus, de breloques, et la vive odeur de baies et d'agrumes. Pour une fois, elle immobilise dans le hall son distrayant modèle de Parisienne pensé pour évoluer à New York. Ses baskets, ses cheveux sauvages et son cabas superlatif, insondable poche de quatre-vingts centimètres sur cinquante où s'égarent traditionnellement une paire d'escarpins, une brosse et quantité de livres neufs.

Puis Blanche monte.

Une demi-heure passe et nous redescendons, elle dans le même appareil et moi, libre, rien, une veste. Bonne soirée Norman, à tout à l'heure.

Vingt mètres plus loin nous sommes en cavale. Sous ma peau toujours aucune sensation de liberté mais un instant son ersatz brigand, l'ivresse de ne plus régler les factures.

— Pourquoi t'es pas allée au Westin à ce prix-là ? s'interroge Blanche, admirative et vaguement inquiète.

Car il ne s'agit pas de se rendre au spa et encore moins de délinquance. Il s'agit de faire face à l'imprévu, déjouer le réel, tendre aux bons endroits les bons pièges, parfaitement justifiés dans ma vexante situation.

— T'as pas peur qu'on te retrouve ?

Non, pas là. Ma terreur n'est pas terreur des règles et des systèmes. Il faut croire qu'elle naît plus profond, au contact des ossements, des légendes, d'où rien ne sait l'arracher.

Plus tard, chez Blanche, mes vêtements et autres menus accessoires de toilette ou de travail furent en partie déplacés du cabas géant vers une simple valise. Le reste irait rejoindre les affaires que je stockais déjà chez elle.

— T'auras assez de pulls ?
— On est en avril.
Elle en ajoute deux des siens dont un col roulé.
— T'as de la chance, Michelle.
— Tu sais que c'est toujours pas la Villa Médicis ?
— Tu sais, la Villa Médicis…

D'où j'allais quasi contrainte, Blanche ne connaissait que les images d'Épinal et la légende vraie d'une ligne bleue qui festonnait les sommets. Elle persistait à se faire des Vosges l'idée vaste d'un conte. La forêt, ses êtres, ses murmures et sa chère biche lancée à travers tout ce mystère, elle aurait payé non pour être à ma place, mais pour le voir.

TGV 7686, voiture 7, place 53. Douce compression du cœur gauche, atteint d'un rare sentiment : être à sa place. Je suis à ma place pour trois heures. J'ai commencé bien des choses dans les trains, des livres et des amours mais c'est une autre histoire. Les voitures ondulent et bientôt communiquent à mon corps la torpeur que j'attends et pour quoi je paierais, même pour aller nulle part – j'aime tant le rail que les pires métaphores, sensuelles et organiques, me viendraient à son endroit, il n'est pas prudent de poursuivre. Le carré est inoccupé, puisqu'à 15 heures un mardi le trajet Paris-Épinal n'est pas des plus courus. Bientôt deux souvenirs occupent les sièges.

J'imagine Lou place 54, bercée. Son attention qui va d'un coloriage à la vitre et qui bientôt s'y fixe. J'entends son babillage dont l'hébétude aura bientôt raison, tandis qu'en face, à la 55, Sirius s'endort. Ce qui toujours le tourmente enfin laissé ailleurs. Lui aussi le train l'apaise. Je contemple deux fantômes et soudain je sens leur chaleur.

Mais ce n'est que la mienne qui me quitte. J'ai froid. Je me suis bousillé le trajet.

Mon esprit a pris cette habitude que je garderai : chaque instant vécu se double de l'image de ce qu'il eût été idéalement dans la vie d'avant. En quittant la maison, j'ai intégré un outil, sorte de comparateur de situations réglé pour se déclencher à mon insu et dévaster, en le dédoublant, chaque moment qui aurait pu être bon. Un repas, un film, une surprise, un voyage et je vois, rétroprojeté au mur du for intérieur, le même épisode vécu aux côtés d'un Sirius capable, dans cette mise en scène trompeuse, d'une tendresse sans précédent connu mais plus vraie que nature. Hier un dîner dans l'avion, aujourd'hui dormir dans un train, et un autre jour à Paris, aux abords d'un manège où j'attendrai seule que Lou en descende, l'hologramme Sirius patientera avec moi et saura enfin aimer les jeux et les dimanches.

Le temps de m'assommer et le tableau se diluera quelques secondes plus tard dans l'ironie du sort.

À chaque fois, à chaque amorce de bonheur, je tente de ne pas voir la réplique, d'échapper à sa torture. Mais où trouver en moi les yeux à cacher ? La copie s'impose toujours, frappante dans l'image et la sensation, avec toute la perversion du détail qui tue, elle retourne le réel pour m'en montrer la face fantôme. Je n'ai pas le pouvoir d'enrayer la machine à reproduire. Elle répond à des commandes enfouies dans la douleur, introuvables. Comme si plus rien ne pouvait être neuf, plus rien s'éprouver comme une origine. Je découvre à mon âge le vague à l'âme comme mécanique, sa façon de bouffer la lumière. J'apprends qu'elle existe, la bande grise qui passe continûment derrière la vie, pellicule impressionnée de scènes parfaites en 2D, représentant ce que l'on aurait pu savoir incarner.

Alors c'est ça la nostalgie.

J'y voyais du puissant, du délicat, la plus grande part aux génies, de quoi faire Proust et des rêves aux inoccupés.

C'est une astucieuse ingénierie du bourdon, point.

Non, ça ne s'arrêterait pas, m'avaient avoué avec une belle compassion d'autres arrachés de famille. Inutile, cruel, le principe de la vie dédoublée serait presque increvable. On embarque pour toujours avec lui, la malédiction des dérivants, des insulaires : l'impossible deuil du continent premier.

Je ne m'endors pas. Nous traversons un bout de la Champagne, terres pâles et déconcertantes de platitude où tout est bas. Les bosquets, les maisons, les plafonds, les vignes. Même le ciel paraît trop près, jaloux, toujours à couver ses raisins. Adolescente, j'y avais poursuivi quelques séjours pour vendanger en septembre. Puis d'autres, adulte, pour boire et baiser, un peu n'importe quand dans l'année, parfois dans les mêmes domaines, quand, avec le temps et l'export délirant du champagne, la région s'était vu pousser des Relais et Châteaux comme d'autres des éoliennes. Alors, d'un vendredi soir au dimanche, le champagne réveillait en moi sans aller chercher très loin le fond courtisane, maniable et abruti. Il me décidait à de longues et cathartiques fellations pour le plaisir d'en dissoudre la trace dans une cascade de blanc de blanc. Puis je buvais encore du champagne, dans la baignoire assez grande pour que l'amant épuisé m'y rejoigne et pour une baise aquatique, et alors là j'imaginais d'autres étudiants en arts du spectacle en chier avec le sécateur, pliés au ras des ceps de chardonnay, pour que moi je jouisse comme ça et je songeais tu vois, la roue tourne.

Passé la gare TGV, la terre s'arrange, ondule et lève par endroits. Les forêts gagnent peu à peu sur les cultures, le vert augmente et l'ombre aussi. Après des villages au bâti simple et usé, ces villages-là acculés au chemin de fer qu'un cimetière et une carrosserie compriment et dont on pense, les voyant filer dans les vitres à trois cents kilomètres-heure, que des gens y vivent tout de même. Et puis Nancy, la ville dont j'aimais qu'elle soit sans fleuve quand j'étais d'ici.

La région qui m'attend me révolte. Je n'y reviens jamais, ni mariages ni enterrements. J'invente des empêchements pour ne jamais coïncider avec l'événement. Et quand j'y vivais sur cette terre de mariages et d'enterrements, jamais tranquille, où toujours, samedi, dimanche et jours fériés, une solennité catholique ou foraine forçait nos familles à faire masse et à manger, je ne coïncidais pas. Je regardais en l'air, répondais à côté, m'entraînant à savoir être ailleurs. On dit que j'ai passé mon enfance à faire bande à part, on ignorait avec quoi.

À l'approche des Vosges, les arbres ont gagné. Ils dévorent les vitres dans une densité de petits chênes et de noisetiers, de tout ce qui résiste au voisinage du ballast et s'en nourrit. Ça ne s'arrêtera plus vraiment, s'épaississant de la vallée jusqu'au contrefort des montagnes.

Et je la vois soudain, la couleur explosive.

Si je descendais là et marchais quelques kilomètres, la forêt d'avril m'enverrait sa jeunesse increvable, quand le vert tendre des jeunes feuilles des charmes, les mousses, les lentilles d'eau dans les flaques lui font ce teint céladon qui s'aperçoit de loin et s'intensifie tant à l'approche qu'on dit c'est pas possible. On entre dans un poster. Je pourrais marcher sur des tapis d'anémones dans les bois, je sais, en prendre plein la vue parce que la lumière à cette période est si sûre d'elle qu'elle perce la coupole des arbres, passe sous les branches, et alors l'éclat des sols fleuris renvoie si bien la clarté du ciel que, là où les hêtres culminent et se touchent par les cimes, ça ressemble à une cathédrale, vraiment. Il n'est pas d'autre image. Et dedans les cris d'oiseaux, les odeurs d'écorces, de sève perlante, de pousses neuves et de terre fraîche, parfum pour lequel on peut toujours chercher d'autres adjectifs que vivant, vital, poignant, ce sont les bons. Vivant, vital, poignant.

Je sais ça, j'avais ça, c'était à moi. Et pourtant je m'en passe. Je passe.

J'ai grandi au contact permanent, insensé des forêts. Et je me suis arrachée pour mettre fin à la réplétion des sensations d'absence, la poisse des saisons interminables, des adolescences à n'en plus finir, des bois au kilomètre.

Parce que c'est ici que j'ai commencé à avoir peur.

Une peur imprécise et commandante, sans motif distinct. Ma peur je connais ses couleurs, vert et noir. Je sais d'elle qu'elle a mon âge, qu'elle enfle en moyenne montagne, qu'elle retombe un peu en ville et dans l'action. Je la connais peu mais je sais qu'elle est motrice. Elle fait fuir, elle fait avancer. Comme elle est primaire, elle façonne l'instinct qui détecte les zones protégées et les hommes désarmés ; pour m'informer elle dialogue avec le sensible, les ultrasons, les courants d'air. Elle m'a poussée hors du village, elle m'a poussée hors de l'Est, hors des chasses et hors des bureaux, elle m'a conduite aux maisons sûres et aux chambres d'écriture.

Car la biche répète à l'infini le même cycle : craindre, détaler, se cacher, apparaître, craindre, détaler, se cacher, et dans ce cycle conditionne son destin.

À l'instant par exemple, ma peur me souffle de descendre à Remiremont reprendre une correspondance pour Nancy puis Strasbourg et de là gagner Frankfurt dans l'un de ces trains de nuit déserts. Je renifle déjà l'odeur de poussière des petits rideaux rouges aux vitres d'un compartiment pour moi toute seule, étalée sur une banquette de la Deutsche Bahn.

Mais je descends à l'heure dite à la gare indiquée sur le billet. Ça commence ainsi, ce vertige, dans la tyrannie du titre du transport.

Taxi, les rues pavées, la pluie d'accueil. Derrière les carreaux mouillés s'effilochent à trente à l'heure des bâtiments sombres et des lumières jaunes, les boutiques franchisées de la fin des années 1990, laissées comme ça, propres et ringardes. Plus aucun vestige du Prisunic et le groupement scolaire Saint-Antoine où je me rendrai demain surgit là où je ne le situais plus. Seuls ou plus rarement à deux, des gens encapuchonnés se hâtent sous une pluie domestique mais ce n'est pas la pluie qui les talonne, c'est l'habitude. La culture de s'empresser à plus utile que flâner. La mienne, hier encore.

Hôtel. À nouveau sur une moquette rasée à gros damier rose et gris, à nouveau femme voyageant seule et seule à porter ses valises, ses pas qu'une musique de corridor invite à ralentir jusqu'à la porte qu'on ouvre avec une carte en bambou. La 109. Je pense génial, sang neuf. Mais plus par réflexe qu'autre chose.

La chambre est pour son prix ce qu'elle est pour le double à Paris. Une proposition subtilement démoralisante, presque confortable, pensée pour dégonfler tout projet d'installation au-delà de douze heures. Un sentiment de chez-soi en étant ainsi nulle part absorbe un instant le malaise qui me courait l'échine depuis que le train m'avait lâchée dans mes origines. Qui ne dure pas. Ni peignoir, ni chaussons, ni set de toilette, ni bouteille d'eau, ni dosettes de café, un savon solide corps et cheveux, une seule serviette car l'établissement fait de furieuses économies d'échelle tout en commercialisant une performance écologique qui ne s'appelle plus radinerie. « Engagez-vous dans la sauvegarde du climat, nous luttons contre la production de déchets, merci de lutter avec nous. » « Si vous souhaitez toutefois que vos draps soient changés durant votre séjour, signalez-le à la réception. » Les enculés. L'établissement est surtout fréquenté par la classe moyenne que l'établissement connaît assez pour savoir qu'elle prend ce qu'on lui donne. Le cœur de cible est ici le demi-fauché qui ne va pas revendiquer un confort qu'on lui tarife mais dont on le prive, habitué à penser qu'il a déjà bien de la chance et qui, au nom de la décence commune, préfère crever que hausser le ton pour des serviettes neuves, surtout si on lui dit que c'est mal. Je vais encore devoir le faire. Je vais passer des jours à arracher à la direction nos droits de citoyens consommateurs, à demander des claquettes, des tubes de crème et des tisanes. On me trouvera ramenarde et mal élevée mais ce sera politique.

À chaque comprimé de vortioxétine je retrouve quelque chose. Hier le sommeil, aujourd'hui le sens du combat – enfin le sens approximatif du scandale qui me tient lieu de conscience sociale. Demain peut-être ma libido.

La chambre vient d'être faite, le lavabo n'est pas sec. Un parfum de coton et d'aloe vera lutte quelques minutes contre une lourde odeur de douche et bientôt abandonne toute la chambre aux égouts. Une pesante odeur de vase s'installe plus vite que moi. Je passe mon premier appel à la réception, décroche une femme qui, lapidaire, me suggère d'aérer.

J'ouvre les deux battants. Bouffée par la nuit et la pluie, l'éclairage urbain réduit sur décision préfectorale, tuiles et pavés vernis d'eau, la ville n'est plus de son époque. Une peinture.

Mon téléphone émet du Satie, une sarabande. L'alerte pour les rendez-vous médicaux.

Sur l'écran de l'appareil, en bas à droite, dans une fenêtre dimensionnée comme un timbre-poste, le médecin a la taille qu'ont les gens dans les rêves. Je lui parle couchée sur le dos, ça nous change. Alors madame Darras. Alors la pluie m'a collée depuis Paris. Comment ça va madame Darras. Mal, en dépit du médicament, à cause du contexte. Mal quel genre, mal en danger ou mal quelque part ? C'est entre les deux, docteur, entre l'inconfort de traverser la zone d'exclusion et commencer à s'habituer aux radiations.

Ne traversez pas trop vite. Regardez autour. Quelque chose est ici qui vous traverse, vous.

Il fait nuit, au carreau entr'ouvert la pluie voudrait entrer.

— Supposons que la peur soit un sac, d'accord ?
— Allez d'accord.
— Fouillez, dit-il.

Je fouille, il m'accompagne. J'arrive sur un débris de rentrée des classes. La grande école et la petite fille éjectée du jardin d'enfants, cage à écureuils et jeux sans crayon. Je la considère un instant, la prime pétoche scolaire. Elle n'a pas de gueule et se sera dissipée en un jour, frayeur furtive qui ne secoue pas la raison, qui passe mieux d'être massivement partagée. Elle fouette trente gamins autour. Elle a fouetté des sœurs et des cousines qui s'en sont de toute évidence remises. Faiblement initiatique, elle s'éteint avant d'avoir à appeler au secours. Mon corps n'en garde rien mais pourquoi pas.

— Ce n'est pas ça.

Soudain le vent défonce la fenêtre. La pluie est à présent chez elle. J'ai crié, à cause du fracas. Tout le monde aurait crié.

— Qu'est-ce que c'est ? s'interroge l'image du médecin.

— Rien. La fenêtre, je l'avais mal fermée.

— Ce qui vous a fait peur, c'est quoi ? Vous avez crié.

— Parce que c'est entré.

— Oui. Quoi ?

— Eh bien, la tempête ordinaire. Le vent, la pluie, des feuilles, rien d'anormal. À l'est, le ciel est sportif.

— Et vous avez peur de ça ?

Je dis attention, s'il s'agit de retourner le fond du sac tout noir, nous faisons fausse route. La tempête me suit depuis quarante ans, aucun refoulé de contrebande à prévoir. De l'honnête souvenir d'enfance, licite, connu, daté. Plus frappant que traumatique. Mon thérapeute n'en doute pas mais allons-y, racontez-moi pour voir.

Bien. Juillet 1984, Vosges forestières, mon enfance est comme un conte c'est vrai, point fixe au cœur d'une épaisseur d'arbres qu'alors j'imagine infinie. Après la forêt, je sais qu'il y a la mer et les autres. Entre moi et ça, d'infranchissables entrelacs de chênes et d'animaux. Les forêts appartiennent à mon grand-père, pas toutes mais beaucoup. On m'a dit qu'il est venu en France après la guerre, des Alpes derrière lui, avec une scie et les siens. Aux bois, nous devons tout : d'être nés, d'être ici. J'ai quatre ans et ce jour-là la nuit commence à 15 heures, comme à chaque fois que le monde mime l'apocalypse et s'entraîne à finir. Je ne sais plus dans quelle pièce de la maison je suis, mais je sais ce que j'entends. Un grondement dont il m'est impossible d'imaginer l'auteur. Et puis, au-delà des fenêtres, je vois. Cela ne ressemble à rien de ce que j'ai connu en quatre ans sur Terre.

Dans les airs, des voitures, et sur la route des arbres volent au ras du sol, une langue invisible arrache une large bande de forêt en ligne droite, une vitesse qui, comme le son pénétrant, inouï, ne réfère à rien car le TGV n'est pas encore démocratique. Je découvre que le vent peut aller dix fois plus vite que les trains. J'assiste à une catastrophe météorologique et bientôt économique, la tornade de l'été 1984 qui passera sur cent villages. Je ne le sais pas. Je sais que la maison de mes parents est largement faite de bois et, dans les fables qui fondent déjà ma science, les maisons en bois sont emportées comme la paille. Je sais que nous allons mourir.

Je me souviens que le froid gagne mon corps, d'abord la poitrine, les tempes, puis les jambes et les bras, que je ne sens bientôt plus. En dehors de ma tête, mes membres échappent à l'expérience que j'en ai. Première épreuve physique de la peur, la sensation capable d'annuler toutes les autres, sa puissance effarante qui révèle les limites de tout ce qu'on pensait savoir de soi. Je ne peux pas crier, la maison est immense autour de ma toute petite personne. La langue monstrueuse et transparente semble chercher quelqu'un parmi les arbres qu'elle annule. Je pense qu'elle cherche mon grand-père.

Il me paraît évident soudain que la tornade est juste et que mon grand-père doit lui rendre ce qu'elle cherche. Tous les arbres abattus par ma famille depuis trente ans. Encore une seconde, et à mon esprit que la peur manipule, il apparaît clair que la langue me cherche moi. Je ne crois pas avoir pu crier.

Et puis cette chaleur autour de mes épaules, les bras de mon père, son souffle dans mon cou et ces mots qui viennent renverser la terreur en tableau. Il dit : c'est beau. Devant moi se déroule la fin du paysage et dans son étreinte une pression presque sévère m'interdit de me retourner. Il répète. Regarde, ça n'arrive jamais. Je ne vois pas son sourire, je sais qu'il sourit. Ce sont nos volets qui volent, mon petit vélo que les franges de la langue emportent, tout dans la même direction : un ciel trop foncé pour un soir d'été, entre bleu marine et ardoise.

Cette couleur, je viens juste de l'apprendre. C'est la teinte inhumaine aperçue l'avant-veille dans un reportage du commandant Cousteau, celui sur le fin fond de l'Atlantique où persistent des froids inconnus et des requins préhistoriques. Je pense que la Terre est à l'envers et qu'alors c'est fini. Je ne connais pas encore les mots qui ravageront plus tard mon imaginaire de la fin du monde, le « Jugement dernier ». Je ne pense à aucun dieu, pour quoi faire. Je crois sottement de tous mes sens en mon père. Je suis foutue.

Dans sa poitrine à lui, son cœur bat comme un autre jour, à l'image de sa parole, arrogante et tranquille. Je crois me souvenir qu'il a chaud, il sue mais au fond ne craint rien parce qu'il ne sait pas. Alors je lui apprends que le monde s'est retourné. L'océan fera bientôt pleuvoir des monstres marins sur la montagne. Il rit. L'océan est à sa place, Michelle. J'entends qu'il n'a pas peur et je ne pense pas il est fou. Je pense c'est lui qui gouverne. Pas seulement aux certitudes mais aux éléments, aux vents qui épilent les terres de l'aïeul, à l'aïeul lui-même. Cela se joue je pense en quelques minutes; mon père ne fait rien qu'apporter contre ma terreur sa peau familière, dire n'importe quoi pour conjurer une catastrophe dont il ne pouvait pas encore connaître l'ampleur.

Moins d'une demi-heure plus tard, le calme. Un calme inqualifiable. Entre ses bras, j'adopte peu à peu sa température, qui redevient la mienne, et à nouveau j'imagine lui devoir la vie. Dans quelques mois, quand les forêts seront mécaniquement replantées, on ira voir la manœuvre de l'ONF, il me lira de Giono *L'Homme qui plantait des arbres*, illustré.

Les petites filles délirent longtemps. Longtemps plus tard je prêterai aux hommes le pouvoir de réordonner mes émotions, relancer le sang vers le cœur et la tête. Et je cherche encore souvent, parmi les énervés, les chevreuils, les tremblants, les comme moi, celui qui aurait ce pouvoir-là, renverser la panique en beauté, le terrible en pur spectacle. Replanter les femmes.

Puisque adultes nous ne sommes que cela, n'est-ce pas docteur, le précipité refroidi de nos délires premiers. Voyez comme j'ai déjà réfléchi, avançons.

Zaccaria voudrait plutôt y rester, pour le moment, en 1984. Connaître par exemple le bilan de cette tempête, avoir des précisions. Les dégâts, les morts.

— Un seul mort.

— C'est rare, ça.

Oui, une seule victime, non loin de chez mes parents, quelque voisin emporté dans le grand machin aveugle de 1984. Pour le reste, douze mille hectares de forêt pelés ras, des villages à terre mais les gens indemnes allant chercher leurs souvenirs dans des gravats des mois durant et les vieux, étourdis, disant c'est Verdun. Pour nous ce sera un jeu. Les enfants ramasseront des bouts de trucs à pleines mains dans les bois à la ronde là où pesait l'année précédente encore l'avertissement ultime : va pas par là, les Allemands ont laissé des mines. Mais on avait oublié, chaque fin nettoyant les mémoires de la fin précédente. Six mille sept cents hectares reboisés, replantés mécaniquement, ces courtes forêts que je contemplais en arrivant des vitres d'un TER, tandis que d'autres voyageurs ignoraient tout de ces hêtres. Qu'ils étaient trop jeunes pour leur territoire.

— Vous êtes là ?

— Oui.

— Je dois raccrocher, ça flotte dans la chambre.

— Nous n'avons pas terminé.

— Je suis inondée, pardon. Je vous rappelle après ?

— Je ne peux pas. J'ai un patient à 18 heures.
— 19 heures ? On peut reprendre dans une heure ?
— Exceptionnellement.

J'ai fermé toutes les fenêtres, étendu les serviettes sur la moquette. Après quoi l'odeur de vase reprend la place, désormais accompagnée du dégoulis de l'eau de pluie le long des chéneaux, on frôle l'apothéose de tout ce qui me rend dingue. De ma voix la plus rationnelle, la grave, je rappelle la réception. La dame me répond comme si j'avais douze ans puis monte en chambre la voici. Le bruit que fait l'averse dans les gouttières ne lui semble pas propre à empêcher un client de dormir, d'autant que d'où elle est, certes dans le couloir et probablement durcie de la feuille, elle n'entend rien. Du reste, elle est surprise d'apprendre que le terme dégoulis existe. Je lui confirme que non, création. J'ai eu à l'inventer avec le temps, pour me faire comprendre dans ce type de circonstances. Et pour cette histoire de vase ? Elle ne sent rien, toutefois elle admet avoir le nez bouché, auquel cas les comment dites-vous circonstances ne seraient pas que dans ma tête. M'envoie-t-elle bouler non sans tact.

— L'odeur je ne vois pas, mais parfois avec la pluie ça remonte.
— Oui ça remonte, dis-je, battue.
— Descendez, le temps que ça se calme ? Non ?

Je m'installe dans le lobby, puisque ces endroits deviennent l'épicentre de mon existence dérivante. Je dois adresser mon dossier de location, ayant reçu les documents qui le constituent. Sur les fiches de paie établies par l'entreprise d'un accommodant client de Blanche, mon salaire s'élève à six mille neuf cents euros net hors primes, assez rassurant pouvoir d'achat confirmé par une feuille d'imposition en bonne forme. Celle-ci constitue le plus haut risque. La reproduction du code-barres 2D-Doc – sorte de QR code développé par l'Agence nationale des titres sécurisés pour garantir l'intégrité et l'authenticité de toute paperasse –, bien que assez onéreuse sur le marché noir, n'étant pas toujours fiable. Je comprime l'ensemble de ces pièces pour ensuite sans trembler, sans m'étonner, les adresser à Valentine. La décision de fabriquer un faux n'exige qu'un minimum de désinhibition et d'inconséquence, des ressources qui me manqueront toujours moins que la morale et la tranquillité.

Et puis je ne sais plus comment vient l'idée, mais je tape tempête-vosges-1984 dans le moteur de recherche de *L'Est républicain*. Je ne trouve mention d'aucun mort en juillet 1984.

Quand je rappelle le psychiatre, me travaille déjà le piteux besoin de me confesser à une autorité acceptable. J'avoue le faux dossier, il rit. Y voit le réflexe de survie, l'expression ici un peu Dalton du sursaut vital dont il me parle depuis le début. Je l'entends presque content, un peu comme mon père, la première fois où il est venu me chercher chez les flics, finalement heureux de constater que je pouvais avoir une vie hors de la médiathèque. Quoi d'autre ?

— C'est tout. Non ?

— C'est vous qui rappelez.

— Pour ce que je vous ai dit. J'ai vraiment fait un faux.

— Un vrai faux ? Alors je vous écoute.

Derrière les vitres, enfin la nuit est sage.

— Personne n'est mort emporté en 1984 apparemment. Je l'ai inventé.

— Pas forcément.

— C'est-à-dire ?

— Je ne sais pas. Je vous laisse effectuer le virement ?

Au total, six minutes pour ne rien dire et l'irrépressible impression de se faire raccrocher à la gueule. Je ne me donne pas deux jours avant de résilier la cure téléphonique.

Je reçus dans la soirée un message de la propriétaire de l'appartement convoité. Elle accusait réception de mon dossier, ajoutant qu'à première vue nous saurions nous entendre. Un autre mail émanait du groupement scolaire Saint-Antoine, signé Éric, complété d'un pictogramme symbolisant un sourire jusque là. Le contenu, sans véritable objet, qualifiait le lendemain de grand jour et disait encore autrement sa hâte.

C'était trop à la fin. Avec qui me confondait-on.

Depuis mon hôtel écologique, je pouvais rejoindre à pied le groupement scolaire Saint-Antoine. Aussi je parcourus un morceau de rue que j'empruntais de treize à dix-huit ans, promenade annonçant sur le papier un déluge d'émotions. Revoir la gosse en retard en sixième, en colère, ses collants en laine fourrés de travers dans des chaussures conçues avant tout pour ne pas se péter les chevilles sur la route des crêtes, le week-end en montagne. Rire avec elle. Et en comparant ses après-ski et mes bottines trop chères pour ses parents, mesurer le chemin parcouru en mètres et en décennies.

Mais rien.

Sinon le vent glacial qui viole mes lainages alors qu'il fait doux, me suit dans mon élan et aussitôt fouette une urgence insupportable de voir ma fille. Je commencerais presque à prendre l'habitude. Où que je marche, où que je sois, je n'y suis pas. Aux mères arrachées n'importe quel lieu est dystopique puisque tout en elles, continûment, se détourne du trajet et du décor pour chercher le contact avec l'enfant qui, appartenant à l'autre dimension, celle des pères, leur échappe au nom des lois incorruptibles de la physique. Je suis de celles dont l'esprit bute maintenant chaque seconde sur cette évidence : elle n'est pas là. Encore un souvenir tiré du sac. Qui m'ouvre le poulailler de ma grand-mère. Plan sur la volaille déroutée en quête de l'œuf qu'on vient d'escamoter, qui le cherchera toute la journée. Son gloussement révolté, à la poule, et mamie que ça fait rigoler.

Je me présente à l'accueil. Non M. Wolfganger n'est pas arrivé et l'atelier des terminales est à 10 heures, vérifie la concierge. Je sais, j'ai deux heures d'avance tant j'étais certaine de me perdre mais je suis venue ici comme à l'écurie, sans regarder. Pour rejoindre le lycée vous devez traverser le collège et emprunter l'escalier, pense-t-on m'apprendre. Vous auriez pu vous éviter le détour, arriver directement par la rue René-Coty.

Je sais, j'ai fait exprès.

Dans le bâtiment jadis monastique, les collégiens entrent en flux quasi continu. Je les suis. Leurs voix inquiètes, leurs traits en désordre. La journée qu'ils voudraient expédier pour en tenter d'autres, bouffis d'éternité comme on l'est à cet âge. De rares cris, de premières insultes claires comme le matin. Ta mère la pute. Je perçois des courses et des souffles m'atteignent. Je les reconnais, tous. Sous les poitrines étroites des forces chauffent qui peuvent tout foutre en l'air, si ça veut. Des désirs incivils qui ne pensent pas encore ni leurs raisons ni leurs destins grouillent à ciel ouvert dans ces cours quadrillées d'adultes vainement formés à prévenir la baston. La violence du collège est celle des futaies.

La cour aussi, je la reconnais. Trente ans plus tard, le macadam toujours défoncé par les racines des marronniers centenaires et d'eux l'ombre courte et large où se ramassent les plus petits. Les murs gris qui la longent, les créatures qui les longent.

Je me cherche.

J'en distingue une, catégorie des biches, comme elles sont en sixième. Sous son Tann's impeccable les vertèbres s'enroulent de bas en haut. C'est le poids qui gouverne, forçant le regard à rejoindre ses deux souliers lacés qui eux-mêmes, à chaque pas, se rejoignent par les pointes. Un pied qui fauche, l'autre qui ramasse dit-on ici, territoires agricoles. Je m'approche pour la voir mieux, puisque c'est moi.

Elle est quelconque à cet âge. Çà et là, les graisses de l'enfance perdurent et noient les attaches, floutent encore les traits qui seront peut-être harmonieux plus tard. Elle transpire d'un effort invisible : s'effacer. À quelques mètres d'elle, quatre mecs au front dur, occupés à fendre la cour avec les hanches et la mâchoire, affectent de savoir tout bouffer, emmenant sur leurs ailes de moindres mâles. Elle craint qu'ils ne l'approchent, je le sais. Que le plus faible d'entre eux en vienne à vouloir exercer sur elle sa possibilité minimale d'écrasement, avec des plaisanteries sur ses godasses, sa jupe et sa toute solitude. Elle devrait avoir un ami cependant, qu'est-ce qu'il fout. Un ou une comme elle à la traîne de la harde, taillé à se faire manger en premier, une autre fille aux cervicales arrondies ou même un garçon, gamin à la sexualité secrète ou indéterminée, dont l'inquiétude et les silences lui offrent une compagnie de faon. Mais l'unique ami est en retard sûrement, c'est pour ça qu'elle tremble. Je voudrais m'avancer. Lui dire qu'il arrive, que tout arrive, patience. Ce serait mal interprété. Elle ne sait pas qui nous sommes, à quel point j'y étais dans ce petit corps idiot, m'acharnant au mimétisme désespéré qu'on appelle l'intégration.

Laissant là se démerder l'ombre de mes treize ans, j'emprunte l'escalier qui conduit au lycée.

Le centre de documentation où doit se tenir l'atelier, s'il n'a pas été délocalisé, est méconnaissable et j'y retrouve seulement un parfum d'ambiance. L'odeur fondamentale des écoles, qui naît de la fusion sans air des composés communs. Papier, plastiques, polyamides, vinaigre d'alcool, haleines et poussière. J'attends.

— Madame Darras ?
— Monsieur Wolfganger ?

Vient de surgir un homme petit et très mince, occupant la moitié d'une parka noire, une épaule déboîtée par la bandoulière d'un énorme sac.

— Non, je le cherche. Moi je fais le sujet. Jean-François. Jeff.

La poignée de main précise, une casquette du genre inamovible, un bon sourire, Jeff nous venait des Vosges. Il allait suivre cette première session, exposait-il, m'adresser quelques questions et faire si possible un peu parler les gamins, nous photographier ensemble à un moment ou un autre et tout cela sans déranger. Jeff tombait fort bien. La PQR est la mémoire du monde rural. J'expose avoir vainement cherché hier des choses sur la catastrophe de 1984.

— C'est pourtant pas ce qui manque ! Sur un aspect en particulier ?

— Oui, sur le mort.

Il me considère, l'air à la fois aimable et fermé de qui va mimer l'intérêt envers un sujet dont il se fout.

— Ça fait longtemps qu'on me l'avait pas faite, ça s'était calmé. C'est pour un livre ?

— C'est pour moi. En ce moment, ça m'obsède un peu 1984, c'est tout.

Retour de l'expression, non moins lasse mais plus délicatement chagrine.

— Tu m'étonnes…

Tandis qu'il pose et déploie tout son barda hormis la casquette, il dit que lui aussi a eu sa période. Quand il est arrivé au journal, enfin pas celui-là, un autre, ils étaient encore nombreux. Les obsédés comme vous dites. Ceux-là venus sur place en 1984 et parfois même revenus foutre la merde, écrivant n'importe quoi. Pour cette génération la profession est très marquée. Tout a changé à partir de 1984.

À Jeff, je mentionne mon âge. Je n'avais que quatre ans, mais on m'a raconté oui, que tout avait changé. Par endroits, le paysage est profondément modifié, et selon mon père on ne voit plus la même chose.

— C'est sûr, c'est foutu pour l'éternité. Enfin ces coins ça n'a jamais été beau non plus, marmonne Jeff, surveillant l'entrée.

Il est 9 h 55, ça sonne. Mon illustre tempête se confirmait mortelle et se révélait marquante mais je ne m'attendais pas à me retrouver si vite, avec un inconnu, sur la pente intimiste des traumatismes partagés.

— Vous savez quoi de la victime ?

— Comme tout le monde. Ah, voilà les gosses ! se réjouit l'inconnu.

À peu près trente adolescents de terminale, portés par une grande fraîcheur déjà musquée, s'engouffrent flanc à flanc dans la pièce. Bonjour madame. Ils se distribuent sur les chaises et bientôt devant moi deux rangées d'épaules agitées d'un mouvement doux, frise ondulante qui cherche à s'immobiliser. Certains me regardent intensément, d'autres pas, tout aussi intensément. Aucun professeur.

— Bonjour.
— Rebonjour madame.

Que dois-je leur dire, quels sont les mots qui pacifient, lesquels dois-je taire qui me condamneraient en deux phrases. Je suis par avance effrayée par leur franchise, leur patience comptée, les muscles qui respirent sous la politesse et l'indifférence. Mais voici l'enseignant, claironnant.
— Je te cherchais !
— Bonjour. Michelle Darras.
— Sans rire ?
Il rit pourtant.

Ainsi donc Éric machin et moi nous connaissons. La familiarité avec laquelle il me glisse je ne te fais pas la bise, ces brutes sont sans pitié, me laisse même supposer une amitié jadis assez vive pour après des décennies de silence et des kilomètres revenir comme une fleur.
Or je ne me connais pas de telles relations.
Éric s'excuse pour le formalisme des échanges écrits ces derniers mois, le proviseur était en copie.

Et moi je ne souhaite à personne ce moment qui doit pourtant arriver à tout le monde. Je ne parviens pas à dissimuler que parmi l'océan d'« Éric » qui baigne fatalement toute existence, lui, cet Éric-là, ne correspond chez moi à rien de particulier.

Je le lui avoue.

Il est triste mais très discrètement. Nos retrouvailles se sont mal passées mais le plus pénible est à venir. Il me présente à la classe.

— Michelle, madame Darras, à votre âge, c'était sûrement elle aussi une personne normale...

Un indice. Éric ne m'a pas connue à l'école.

— ... peut-être même ordinaire. Mais qui à force de travail est devenue ce qu'elle est.

C'est-à-dire ? Précaire ?

— Elle était certainement comme les autres, comme vous, comme moi. Et puis du travail, des lectures, bien sûr : de la chance.

Trop aimable. La chance, ce truc qui couronne les cons et laisse quatre-vingt-dix pour cent des crimes impunis, émissaire déboussolé de l'injustice aveugle, faut-il vraiment en faire la promotion à l'école.

— C'est pour ça qu'on a pensé qu'il fallait qu'on la rencontre et que vous avez j'en suis sûr préparé des questions passionnantes.

Silence. Au fond le panneau vert de la sortie de secours. Je pourrais. Après tout je suis libre, paraît-il.

— Qui se lance ? s'inquiète Éric. Des volontaires ? Sinon j'en désigne, s'y prend-il vraiment très mal.

Et selon la tradition, s'installe un silence qu'Éric souligne d'un pas tous à la fois.

— Lucie ?

— Oui ?

Un visage se détache sur les trente, minuscule et trop blanc. Assise à côté de celle qui semble être la bombasse officielle, une mince jeune fille avec une coupe au carré, étrangement trop sage pour l'émeute de ses vêtements, de son regard. À l'orée des poignets, les pointes bleues d'un tatouage planqué sous les manches se rétractent d'ennui. Par un jeu de miroirs ou de mémoire, parce que j'ai besoin de repères dans ces lieux défigurés et plus certainement par narcissisme crasse, ça me reprend. Je me vois dans la gosse. Toujours flanquée d'une trop belle, mes dix-sept ans qui, renonçant à imiter les autres, imitaient la fureur. L'envie me prend de lui adresser un petit signe de reconnaissance et j'ai bien peur de l'avoir fait.

— Je sais pas, se dévoue-t-elle. Vous êtes arrivée en quelle année dans la… ici quoi ?

— Tu pouvais faire mieux, constate Éric.

— 1993, dis-je, anormalement souriante.

— Ben merci.

Retour du silence et début d'embarras.

— Peux-tu développer ta question Lucie ? s'enfonce Éric dans l'échec.

— Développer ?

Mouvement des sourcils de ladite. J'y remarque, tels deux microscopiques nombrils, les traces des piercings qui devaient encore l'été dernier clouer sa peau à sa rage.

— Développer genre c'était comment en 1993 ?

Éric est consterné. Il a tort.

Sur cette généraliste interpellation, je tiendrai l'heure ou quasiment. Je raconte de moi-même le souvenir tout frais, c'est facile je l'ai croisé en arrivant.

Treize ans, effarouchée et sans grâces manifestes, dans la tribu collégienne qui classe et qualifie les individus selon quatre critères – la force, la beauté, l'obéissance, l'utilité – je ne suis reconnue pour rien. Que faire sinon disparaître. Et la disparition est à portée de main qui s'emporte partout, un livre. C'est donc à cet âge que j'ai lu tous les livres disponibles. Un par jour, un par nuit.

— La lecture ! hurle Éric. J'espère que vous notez. Felipe, ton téléphone, je le revois, je le jette.

Un matin dans cet hiver 1993, le professeur de français de la classe dont je rase les bords lit à voix haute ma production de la semaine, excessivement ému pour quelques pages rédigées en français. Il se passe quelque chose. Je rejoins comme ça le clan des fortes et des utiles. Je maîtrise en secret la bête ultime, celle dont tous, démobilisés depuis longtemps devant ses règles et ses mystères, devinent la puissance : le langage. Dans la futaie où les noms doivent renseigner très vite sur les ressources et les dangers, je deviens « la Dictionnaire » jusqu'à la fin de l'année suivante. C'est encore brumeux et instinctif mais, à cet âge, la langue m'apprend ce qu'elle est. Un système de différenciation, loin d'être aussi efficace que l'argent mais activant des rouages similaires pour des effets identiques. Le langage produit chez ceux qui le possèdent des effets de pouvoir et de surplomb et occasionne chez ceux qui ne le possèdent pas des effets de paupérisation et de faiblesse. Comme le fric et la beauté.

Le langage, l'argent, la beauté, en petite brute forestière je pense alors qu'il faudra à terme en maîtriser deux sur trois. Je commence à nourrir un truc inédit, une forme étonnée de tranquillité qui allait ressembler à la confiance – pour s'effondrer deux ans plus tard, à peine. Mais en attendant, j'ai ma place.

Je n'ai pas prévu de les laisser sur ce pauvre suspense mais au fond de la pièce, Jeff de *Vosges Matin*, qui bâillait depuis un moment, cherche à se barrer. Je le vois ranger son appareil, anticiper la sortie en remettant sa parka.

— On reprend la prochaine fois ? signifie-je aux élèves la fin de la première tannée.

Et je rattrape le correspondant dans le couloir.

Jeff se laisse rejoindre. J'aimerais qu'on reprenne notre discussion à propos de la catastrophe de 1984 mais lui pas trop. Littéralement ça le gonfle cette histoire. Toutefois si je veux passer au journal, il pourra me présenter Sylvie, Sylvie a tout gardé à l'époque, les rapports, les photos et, pire, elle continue. Ils furent beaucoup comme elle, regrette-t-il en passant, à tourner dingues à partir d'octobre 1984.

— Pourquoi octobre ?

À nouveau de lui à moi, ce regard gentiment surpris qu'on réserve aux paumés inoffensifs.

— Parce que c'est en octobre. On retrouve le corps le 12, si je ne me trompe pas.

Il me sourit et disparaît. Je pense qu'il se trompe.

Après quoi Éric me propose de déjeuner. Je me souvenais d'une brasserie sur la place mais il n'est pas question de sortir. Nous nous rendons au réfectoire des collégiens, plus vaste selon lui que celui des lycéens, moins de file d'attente, mais il faudra descendre le grand escalier de pierre emprunté le matin.

Dix bonnes minutes de balade, dont Éric profite éhontément, me faisant l'otage d'un jeu qui en oppresserait des plus détendues. Me proposer des indices censés faire resurgir notre passif a priori adolescent. Il n'est pas possible que je l'aie oublié, Éric, Éric Wolfganger putain. Il égrène des faits prétendument historiques, des Converse orange, des vodkas goût orange, tout était orange à l'époque, même le train. Des bouts d'une vie qui semblaient avoir chez lui éclos l'avant-veille et qui chez moi ne remuaient rien. Un tout premier concert de Louise Attaque, une Ford KA noire appartenant à Cédric Wolfganger, son frère.

— Attends ça me dit quelque chose… feintai-je pour me laisser le temps d'être surprise, qui sait.

Mais rien et nous sommes arrivés. Il me retient aux abords du réfectoire. Il faut laisser passer les collégiens.

— C'est un coup à se faire piétiner.

À midi, c'est beau. Le collège est un seul, poussé par les impératifs qui poussent partout le nombre : la faim et l'heure. L'épaisseur des élèves s'ouvre parfois, laisse entrevoir des petits étouffés dans la masse, et quelques filles hautes défiant la troupe, la nuque et les hanches arquées. Devant elles, de moins superbes s'écartent mais sans rancœur, avec la courtoisie apprise qui convient à leur petite taille. J'ai compté dans ce genre de harde, ça je m'en souviens.

La débandade se referme pour passer le sas étroit qui mène au réfectoire. Il n'y a plus personne, qu'un branle à trois cents têtes.

Dans la salle aux vitres très hautes, plaçant le jour hors de vue comme à l'église, me voici installée face à Éric, cet amical inconnu.

— Ça t'a plu ? Ce matin ?

Je cherche à dire quelque chose qui n'expose pas mon cœur foutu, tandis qu'à voir tous ces mômes bâfrer, m'attaque le truc habituel. Je pense à ma fille dans un réfectoire similaire, dont la moitié de l'enfance se déroulait déjà à l'école et dont l'autre moitié me sera désormais à demi dérobée. Je pense au quart qu'il me reste, à la peau de chagrin dont j'ai encore taillé les bords et tandis que le regret, ce parasite qui vit à présent de ma viande, ne me tord pas plus fort que d'habitude, je dis ma joie d'avoir pu transmettre en s'amusant. C'était formidable ce jeune et captif public, merci Éric.

— Non mais sincèrement ? Ça te fait quoi, revenir ici ?

Car ce qu'il veut, c'est me toucher, cet aveugle. Ça se reconnaît pourtant quelqu'un qui n'a plus un nerf disponible, bordel.

— Tu veux ma compote ?

Cette histoire de compote renvoie à une autre compote, au siècle dernier, c'est certain. Je l'interroge du regard. Il n'a pas envie de m'aider, il veut jouer au chat. Il est peiné mais, curieusement, que je le blesse l'avantage. Nous compliquons tout, verrouillons une issue à chaque phrase. Nous n'avons plus rien à voir avec les gosses autour, leur manière de s'affronter, littérale et rapide. Éric et moi, ce sera des jours à patauger c'est certain, je sens d'ici continuer nos tensions inutiles. Mais je pense aux sous, à ce que je pourrais bien faire d'autre à Paris sinon attendre mon tour de Lou. Il veut de moi un truc dont je ne sais rien, sauf ça : je ne l'ai pas.

Alors que nous rangeons nos plateaux, Éric renfrogné me suggère de préparer davantage ma prestation suivante. Ce matin, les élèves avaient été attentifs par politesse sinon timidité, j'avais eu de la chance. Seconde, voire troisième mention de la chance. Éric considère que je ne mérite décidément rien. Ma condition est un coup de bol. Je devrais en retour lui demander ce qui dévaste et disqualifie la sienne. Ce qui l'accable au point de m'envier si peu que j'ai conquis mais je m'en fous. Les antidépresseurs offrent ce repos infect. Dix milligrammes par jour et voici accompli en une semaine un défi resté insurmonté en trente ans : déradicaliser ma part chrétienne. La souffrance d'autrui m'indiffère et moins j'en sais, mieux je me porte.

— Tu vas me le dire ? On s'est connus où ?
— Je préfère attendre que ça te revienne. C'est plus drôle.

Cinquième et dernier indice, Éric est vicieux. Formidable.

Si Blanche me voyait. Mais rentre m'ordonnerait-elle, plante-moi ce crétin et ses injures à tes efforts. Cependant moi aussi j'attends un bénéfice car au fond j'y ai cru. On ne peut recevoir une si pénible invitation, subir l'empressement d'un Éric, sans que la chose soit célestement missionnée, vécue pour mener quelque part. Ne serait-ce qu'en soi-même.

Mais j'ai le temps de me soumettre à l'arbitraire du conte. J'applique depuis longtemps cette démarche qui me tient lieu d'audace, s'abandonner au mystère qui gît dans n'importe quoi. Voir venir.

En gros, je veux laisser à Éric une chance d'être significatif.

En quittant le réfectoire, il évoque une soirée chez tu sais Clotilde (non je ne sais pas), une superbe baraque paumée dans les bois, tiens dans tes coins justement, et Clotilde qui n'a pas tellement changé, qui fait très bien la bouffe. Je promets d'y être. À demain, échangeons-nous bientôt au seuil de sa classe, nous quittant là comme deux abominables cons, réciproquement soulagés.

Autour de moi des salles de classe avalent des groupes, se referment sur des heures d'histoire de France carolingienne, de mathématiques de plus en plus compliquées. Et moi. Que vais-je faire de ce long après-midi régional ?

Bonjour Ariel, peut-on avancer le rendez-vous ?

ARIEL

Ce soir et tout juste sorti de son cabinet, Ariel Zaccaria se fait coller par une idée, oui encore. Comme la veille et toujours à propos de ce cas, la fille sous vortioxétine qui craint comme elle respire. Au cours des derniers jours, cette idée s'est muée en préoccupation : la fille, il l'a poussée. Ariel Zaccaria pense qu'il a conduit sa fragile patiente à entreprendre ce voyage qui de toute évidence la terrifiait. Il a prescrit une augmentation de son traitement, sa prise quotidienne passant de cinq à dix milligrammes, et ainsi groggy il l'a envoyée on ne sait où en montagne. Sans parler de cette triste phrase d'amateur « parfois il faut savoir dire oui à ce qui vous arrive, parfois non ». Il a prononcé à dessein le non très bas, laissant se prolonger six secondes de silence entre la première et la deuxième proposition afin qu'agisse uniquement l'effet éperon du il faut et du dire oui. Grossier. Et il en a rajouté en insistant sur les bénéfices de la cure par téléphone, la bousculant toujours davantage, genre filez on s'appelle.

À ce hic somme toute léger qui aurait pu épargner de sa gangrène une partie de son esprit et de sa soirée, Ariel ajoute un deuxième problème : pourquoi se pose-t-il le premier ? Dans un séminaire, on pourrait en discuter, rappeler que la psychanalyse est historiquement mal à l'aise avec la suggestion au patient, son statut, son dosage jamais assez infime, ses conséquences. Une suggestion mal faite et le patient se fout à l'eau, cela s'est vu. Mais l'on est dans un canapé, point dans un amphi. Et surtout, psychanalyste, Ariel ne l'est pas. Sa pratique est tout en empirisme, bricolage et créations personnelles, il n'est pas censé s'embarrasser de ces questions axiologiques, alors merde, pourquoi ces tourments ?

Bien sûr ce projet de contribution au *Carnet Psy* joue beaucoup dans l'intérêt qu'il porte au cas Darras, mais précisément, ce projet égoïste et dissimulé à la patiente ne devient-il pas prioritaire sur le soin qu'il lui doit ? Troisième problème. En gros, il lui fait faire des trucs casse-gueule, prendre des trains fantômes, risquer des crises maniaques à dix milligrammes de vortioxétine en plein désert médical, afin de nourrir son article à lui d'observations qu'il fera d'elle dans des états pas possibles. Eh bien c'est moche. Ariel ne se ménage pas. C'est ça que tu fabriques petit con, trois ans de pratique à peine et déjà tu chies dans la colle.

Il va se reprendre. Il le jure sur le jour où est venue chez lui la fureur du soin. Un tremblement de terre dans ses Dolomites natales, son village sur la faille, 10 morts sur une population de 1 500 habitants. 1 490 états de choc. Dont un gamin de dix-sept ans, le petit Zaccaria, qui l'année suivante s'inscrivait en médecine à Bologne.

Une heure après, il n'y pensait plus. Il se préparait pour son tennis hebdomadaire en raison de quoi il était sorti plus tôt, il allait se détendre. Mais voici que la marotte se manifeste d'elle-même. La patiente lui écrit, proposant d'avancer le rendez-vous. Bonjour Ariel, pourrait-on, etc.

Bonjour Ariel ce n'est pas exactement protocolaire mais enfin, il ne va pas se faire des nœuds avec chacun des aspects de la cure, une petite cure parmi d'autres. Cet « Ariel » intempestif n'est pas à interpréter comme un saut dans l'intime, c'est précisément le contraire. Aujourd'hui le moindre service, la moindre application porte un prénom, on n'appelle pas son fournisseur d'électricité mais Chloé d'Engie, la mutuelle c'est Sophie et Théo répare votre vélo, il faudra s'adresser à Luna pour éteindre les lampes et à Mia pour lancer la musique. Bref, bonjour Ariel pourrait-on déplacer le rendez-vous, c'est l'équivalent d'un Isa, calcule-moi l'itinéraire jusqu'à Melun beuglé dans la bagnole en direction du GPS. Interjection déshumanisante,

Bonjour Ariel s'adresse plus que jamais à la fonction, ce qui est toujours une bonne nouvelle et même. Ces écarts produiront de la matière pour son article. Ariel est disposé à avancer Michelle et à retarder son tennis. Préalablement il suppose, écrit-il, un motif assez important pour contrevenir ainsi et encore à la rigueur de la cure.

Elle répond oui, assez.

Un journaliste local, un type renseigné précise-t-elle, lui a confirmé que la tempête de 1984 a bel et bien fait son mort. Elle est heureuse d'annoncer qu'elle n'est pas folle. Ariel ne discerne pas en cela d'urgence et attend donc la suite. À vrai dire, il ne déteste pas recevoir, comme ça, en fin d'après-midi, les phrases sans ponctuation de cette patiente. Ça a quelque chose de gaiement *afterwork*, ça vous change, se surprend-il à penser. Enfin non, il ne se surprend pas encore. Sinon il arrêterait.

Mais ni suite ni développement. La patiente doit chercher ses mots qu'elle a pourtant nombreux et adéquats, ce qui au passage ravit Ariel, il a l'occasion d'apprendre des formules nouvelles ou d'audacieuses analogies.

Ariel laisse derrière lui la rue Oberkampf. Toujours pas de réponse. La patiente doit chercher du réseau. Ariel rit qui l'imagine se déplacer bras en l'air, tout en légèreté et incertitude, comme il a remarqué qu'elle balançait son corps gracile, avec quantité de mouvements en trop qui la conduisent à heurter autour d'elle les meubles et l'encadrement des portes. C'est à la fois préoccupant et adorable.

C'est tout ? rédige bientôt Ariel, meublant ainsi l'attente au feu avenue de la République, celui qui est trop long.

La patiente voit bien venir un autre sujet, qui pourra faire, oui, l'objet d'un échange en séance, encore que ce soit peu intéressant dit-elle. Une amnésie, un truc (*sic*) bizarre. Et afin de lui faire mesurer mieux le problème, elle lui transmet des captures d'écran. Une conversation ou plutôt un soliloque de SMS rédigés par encore un autre type. L'enseignant organisateur du séminaire d'écriture qu'elle anime, clarifie-t-elle dans la foulée d'un message additionnel. Ariel doit grossir le fichier pour le lire et rate ainsi l'opportunité de traverser au vert. Le rédacteur évoque dans un premier message sa déception quant à l'investissement de la patiente. Dans le second, le type avoue le véritable objet de sa déception : ne pas être reconnu. L'émetteur, de toute évidence atteint dans un quelconque complexe d'infériorité – annoncé dans un introductif salut c'est encore moi désolé –, regrettait que cela puisse s'oublier. Qu'est-ce qu'on s'en fout mec, songe Ariel mais en italien, alors que le feu repasse au rouge. Le message suivant c'est la patiente en direct qui, certaine de se trouver face à un passif-agressif standard, demandait en confirmation du diagnostic au médecin en lui redonnant du Ariel.

Tandis que le feu vire à nouveau vert, Ariel, toujours sur le trottoir, commence à se lasser. Il ne va pas passer la soirée à faire destinataire secondaire du bla-bla d'un inconnu. Très énervant du reste l'inconnu, avec ses souvenirs périmés et ses points-virgules. Ariel ne voit pas pourquoi la patiente tente d'élever ce phraseur à un statut clinique, à moins que passif-agressif soit devenu synonyme d'abruti dans la vulgate, c'est possible. Ariel traverse au rouge, et le daltonisme c'est mortel à Paris, alors il fait naturellement hurler un automobiliste sensible. T'es aveugle connard, lui beugle-t-on.

Il lui fallait bien ça.

Ariel se surprend enfin à mal travailler. Son *afterwork* définitivement flingué, un Ariel très énervé répond Madame, ces éléments de correspondance et données personnelles n'ont pas à figurer hors du cadre thérapeutique, merci. Dr A. Zaccaria. C'est la meilleure doit-elle songer mais tant pis. Ariel rejoint son court de tennis, quai de Jemmapes, en retard. Il perd 6-1, 6-0.

D'Épinal à ce coin somme toute bucolique où j'avais grandi, environ quarante kilomètres. J'avais loué une voiture minuscule aux formes rondes qui devait aux autres conducteurs évoquer un jouet et tout s'était très mal passé sur la route. J'arrivai toutefois saine et sauve chez Clotilde, avec un urbain retard de trois quarts d'heure.

— Je t'avais écrit 20 heures, m'ouvrit Éric comme chez lui.

— J'ai du vin.

— Toujours pas ?

— Toujours pas.

— Un seau ?

— Non…

— Des bottes en caoutchouc ?

— Je peux entrer ?

J'entre.

— Tu reconnais ?

J'étais évidemment supposée connaître les lieux, d'après lui qui s'épuisait à me rendre un passé n'étant sûrement que le sien. Je m'y faisais, à Éric et son hypermnésie qui se trompait de sujet. Il me louait une enfance qui m'évitait de remâcher la mienne.

Il me présenta la puissance invitante, Clotilde, du type presque belle blonde sportive et soignée dont on fait les voisines enviables dans les lotissements. Clotilde se prétendit ravie de me revoir, avouant n'avoir au demeurant qu'un très, très vague souvenir de ma personne au lycée. De toute évidence, elle ne voyait pas qui j'étais ni qui je fus. Enfin des gens normaux.

En matière d'immobilier, les Hautes Vosges n'avaient plus grand-chose à vendre, le moindre chalet de demi-altitude avait été rénové, tout bâtiment confortable et bien exposé, habité ou loué à la saison. Aussi Clotilde et son mari rachetaient pour rien les quelques baraques invendables qui traînaient encore entre Cornimont et le Hohneck, y compris masures ou maisons hantées que les notaires lâchaient à ceux qui savaient transformer les citrouilles. Lui, patron d'une PME dans le bâtiment, les retapait avec ses gars, tandis qu'elle décortiquait les comptes des instagrammeuses décoratrices pour exhumer la tendance futuriste ou néorurale, la couleur safran et le lustre en feuilles de bois de manguier qui emporteraient la vente du bien, malgré le puissant chat noir qui s'y logeait, quel qu'il soit. Une malfaçon, une histoire, un vis-à-vis bordélique ou les gitans à deux cents mètres. Tout est négociable, nous apprendra Clotilde dans la soirée, en dehors de la proximité d'une déchetterie, et le couple revendait ces renaissances aussi bien que les chalets neufs vers la Bresse, marché saturé. Cette maison-là, Clotilde l'avait trouvée dans la vallée et une fois restaurée l'avait destinée en vain à la location avant de l'habiter elle-même avec sa famille. Pour un plafond dit cathédrale, pour l'absence de voisinage : autour, les champs et les bois.

Bref, me voici chez elle à une soirée bipartite, une partie des convives occupée par la balle devant l'immense téléviseur, la seconde à faire des vannes sur la première dans la cuisine, le tout dans une mixité dont personne dans ce siècle ne s'étonne. Des filles en maillot du FC Metz, des gars pour demander fièrement c'est quoi déjà un corner.

Je me trouve assez logiquement dans l'équipe cuisine, où quelques personnes aident Clotilde à la manœuvre des salades et assaisonnements. J'exécute bientôt pour ma part la découpe d'un fromage italien tressé qu'on ne connaissait pas ici dans mon enfance. On me parle peu. Si j'ai peut-être croisé deux ou trois des invités jadis, ni Clotilde ni les autres ne semblent savoir que mes parents, ma sœur et moi vivions à cent mètres, puisque j'ai affaire à des adultes sainement amnésiques et que je ne suis pas sur Facebook. On me demande si j'ai des enfants, si vivre à Paris, c'est bien. Je perçois cette curiosité paresseuse, vite absorbée par l'indifférence d'un clan où l'on préfère aux gens l'idée qu'on s'en fait, surtout quand ils passent tous les dix ans.

Je bois depuis 18 h 45 sans que fléchisse mon acuité. Pour dire quelque chose j'imagine, par politesse ou par disposition au suicide social, je me surprends à commenter pour la galerie ce miracle des antidépresseurs : pouvoir ainsi boire sa race sans conséquences immédiates. J'occasionne à la cuisine un gros silence inconfortable comme en imposent les confidences les plus déplacées. J'ai terminé de découper mon fromage. Je sens que personne n'en mangera.

— Je mets ça où ?

Clotilde s'empresse de me confisquer l'assiette et surtout le couteau, attrapant dans le mouvement la perche que je ne voulais pas tendre, ou peut-être que si.

— T'as l'air bien pourtant.

Ah non, erreur. La maîtresse de maison a chassé ma perche d'un revers de main, l'autre placée sous un plateau de crudités, ployant sous la mystérieuse injonction à faire de ce jeudi soir tout un dimanche.

— Mais oui. Très.

— Ça marche alors. Tant mieux. Tiens, tu mets ça sur la table ?

Songeant que je n'aimerais pas avoir un cancer dans l'entourage de Clotilde, je gagne le salon avec des chips de légumes faites maison. La pièce est immense, dans les gris-beige, une longue table en bois clair traverse l'espace à la parallèle de la poutre maîtresse, tous volumes témoignant d'un ancien corps de ferme.

Soudain l'air me manque à proportion des larmes qui montent, alors qu'en venant, chimiquement modifiée, j'étais légère. J'ordonne à l'envahisseur de se tenir tranquille, pitié, juste une soirée. C'est cette poutre effarante, on a l'impression qu'elle va vous tomber dessus. Caresse furtive sur la nuque et la plaie, sois sage ô mon chagrin, etc., ça passe.

Nous allons ensuite, seuls ou par groupes de trois, d'un buffet méditerranéen à un canapé incrusté de téléspectateurs presque en faïence. Un match entre Lens et Metz les passionne pour des raisons qui ne peuvent être que très personnelles, tout autant que le sont celles de Clotilde pour produire toute cette bouffe de nouvel an à l'occasion d'un match de Ligue 2. Mais je pars du principe que les gens sont mus par des raisons bonnes à leurs yeux, il n'est pas toujours nécessaire de les étudier. Par exemple moi j'étouffe ici, c'est assez évident. Je viens de me vérifier dans une gigantesque glace ronde et argentée qui ressemble à un enjoliveur de semi-remorque : je suis cuite. Eh bien tout le monde s'en fout. On me sourit, on me propose de la sauce ou peut-être un verre d'eau, mais personne ne creuse.

Il s'agit bientôt de concurrencer le son du match qui ne cesse de monter. On se lance alors en articulant bien, dans un tour de table sans table, debout, son assiette dans les mains, s'offrant chacun une attention artificiellement décuplée. Si bien que nous formons ce qui ressemble à un groupe de parole dans un stage d'affirmation de la personnalité. Chacun accorde quelques minutes à détailler son parcours et les nuances de son bonheur. Je me surprends à m'étonner que toutes les filles travaillent et se déclarent comblées. À un poste plus opérationnel, une pièce en plus ou un enfant près. Moi, maintenant que j'ai annoncé la couleur – désinhibée sur ordonnance –, je pose aux mères des questions brutales. Une seule en réalité. Qui est séparée et qui s'en sort ? Et l'on me répond puisque j'écris des histoires.

Elles s'en sortent, et plus que ça. Ça claironne la fable habituelle de la semaine sur deux et des cinquante pour cent de temps enfin pour soi mathématiquement récupérés. Sabine l'avait dit à Safia qui hésitait à *sauter le pas*, qui n'y croyait pas mais c'est vrai, qui a convaincu Karine qui s'en trouve actuellement très heureuse. Le week-end dernier elle est allée en thalasso avec Sabine, elles en ont oublié d'appeler les gosses.

Elles semblent s'être séparées comme on se refile un code promo. Quelle partie m'échappe, pourquoi moi j'en crève tandis qu'elles revivent ? On s'essaie à parler d'autres choses que des enfants, leur développement psychomoteur et les limites de leurs pères mais raté, on y revient toujours.

Moi on ne me pose aucune question, je dois être un livre ouvert. Ou alors on a peur. On sait trop ce que c'est, ouvrir sur la nuit des portes qu'on ne saura refermer.

Clotilde disparaît puis resurgit, tenant un grand plateau où se serrent cinq puddings, tous plus ou moins rose et blanc. Les autres semblent très concernées et fusent déjà de graves ou extatiques commentaires sur le « visuel » des cakes, plastifiés d'un glacis brillant comme de la peinture à carrosserie. Clotilde et Jérémy se marient dans dix jours, et la pâtisserie en toc constitue un test. Ou un *taste*. Enfin les deux. Je prétexte un besoin primaire et je sors. J'affecte de chercher la salle de bains et me rue sur la première porte donnant sur l'extérieur.

Respirer.

Je franchis quelques dizaines de mètres, foulant une pelouse inutilement éclairée, moelleuse comme les tapis chez Clotilde. Je sors du faisceau lumineux, le sol décline vers un fossé sans profondeur. Je devine sous mes pas une terre sans soins, et à nouveau du gazon mais plus rustre, avant des herbes hautes et drues, de l'orge au toucher, qui me font reculer. On ne couche pas les épis. On ne marche pas dans les cultures. Des hommes y travaillent. Ici on l'apprend comme à reconnaître les champignons, tôt.

Je reste là, assise au bord du champ, un peu bourrée. Au-delà, la nuit color block se sépare en deux noirs, l'un plus vert que l'autre. Elle est là. L'odeur que porte le vent d'ouest me laisse deviner tout près la forêt qui fut la mienne. Silencieuse, fumante et réveillée.

J'entends venir de la maison le bruit du match. Il semble que l'un des petits clubs ait marqué. Les fans hurlent une joie couvée tout l'hiver dans des stades régionaux à se geler les fesses pour des 0-0. Vers le bois j'entends quelques oiseaux nocturnes et surtout rien. Mon cœur réduit sa cadence. J'écoute le hourvari caractérisé, la joie qui se force à ressembler à la fureur, qui m'informe d'un deuxième but contre Lens.

Et désormais poreuse à toutes les vibrations d'avant, je reconnus comme mienne cette façon d'écouter.

En 1998, au lycée, j'avais suivi le Mondial à travers la rumeur, enfin je n'avais rien suivi personnellement. Disons qu'un bruissement suivait tout le monde. Ronaldo ne serait peut-être pas sélectionné. Petit, Lilian Thuram jouait dans le sable à marquer pour le Brésil. Aimé Jacquet était nul, il répondrait de l'opprobre sur la nation. En cela l'internat ne me changeait pas des parents : aucun téléviseur, des heures condamnées pour la parole, dévouées à l'étude et à l'onanisme, à ce que tu veux pourvu qu'on ne t'entende pas. L'information venait du réfectoire, des journaux de la veille. Nous, je veux dire nous les gens comme moi, vivions conscients de les vivre, les dernières heures de la sphère Gutenberg. Certains espéraient pour Noël le Nokia 5110 et je ne savais pas ce que c'était.

Le match France-Brésil je ne l'ai pas vu, je l'ai écouté, dans la nuit claire de juillet. Comme ce soir, craignant ce qui rassemble, craignant ce qui se chauffe à des passions viriles, à l'idée fruste de conquête immédiate, je promenais ma pseudo-distinction le long du bois. J'ai suivi tout le match ainsi, à cent mètres. Je savais qui attaquait, marquait, qui manquait. Les cris des inconnus, de ceux qui auraient dû être les miens si j'étais née d'une famille moins farouche, en venant me chercher me poussaient toujours plus loin.

L'été 1998 précède la fac. Dans les familles comme la mienne qui placent devant tout l'urgence de faire ses humanités, la fac rime avec exil. Ma chambre d'enfant deviendra dans deux mois une pièce à destinées multiples, placard et atelier, on y fera siéger la Singer ou un chevalet. Mes dix-huit ans constituaient un seuil pour mes parents au-delà duquel rester ensemble ne reposerait plus sur aucun devoir, juste pour le plaisir, en espérant qu'il advienne. J'ai peur évidemment. La ville je ne saurai pas, ni m'y cacher ni m'y nourrir. Ce n'est pas une frayeur sociale, non, les études supérieures vont de soi comme la communion solennelle, projet conçu par les parents depuis ma naissance, tracé, balisé, aucune effraction à prévoir. Une chambre m'attend déjà dans la grosse ville. J'ai peur parce que je suis vierge et qui dit vierge dit gamine donc vulnérable, déjà que qui dit fille dit gibier. Je ne peux m'inscrire à la fac, vierge. Ça va se voir.

Ce soir-là, le 12 juillet, j'ai commencé à aller moi-même vers les hommes. Dans mon romantisme horticole et froussard, aller vers eux c'était comme vont en forêt les bêtes harassées d'éviter les pièges. Quand elles marchent pour en finir au-devant de ceux qui les posent. On dit qu'on a vu des cerfs s'affaler d'eux-mêmes sur les couteaux des piqueux, des biches contempler des collets accrochés dans les arbres juste avant de s'y pendre, pour sécuriser le passage des faons. J'ai ça dans la tête.

Le 12, les parents ne sont pas là. Depuis quelques mois j'embrasse méthodiquement le même type qui s'en est lassé, qui regarde le match chez une plus décidée. J'aime bien ce type parce que je l'intéresse mais qu'il s'en fout. Je ne fais de sa part l'objet d'aucune technique et d'aucune intention, rien de ces lourdes traques voyantes qui font la sous-vie des lycées. Je l'intéresse mais il m'oublie. À l'époque rien ne me sécurise autant que de ne pas être draguée. Draguée c'est pistée et pistée c'est affolant. À l'époque je ne comprends pas les filles.

Du téléphone de l'entrée, je l'appelle. Il dit qu'est-ce que tu veux et je parle d'une promenade sous la lune. Je me souviens d'un silence, il devait évaluer ce que valait la balade en regard de la finale du siècle. J'ai gagné. Enfin, gagné, non.

Bientôt, dans la forêt où se mêlent le son du vent et les voix dans ma tête, je me sens mieux. Ça marche à tous les coups, l'odeur de bois mouillé, le bruit de l'envol des geais, la terre salée. Je lui parle soudain de mon enfance courue dans les bois à chercher des fossiles ou des cèpes, ma foi totale dans les arbres, surtout les hêtres, le parfum renversant de leur écorce. Il dit tu m'as appelé pour des poèmes ? Dans la forêt où se confond le sort des biches avec celui des jeunes filles, je réponds non. Et c'est vrai. J'éprouve pour lui une attirance hostile, à quoi la peur prête une acuité capiteuse. Je veux ce qui va venir, ses mains sur mes hanches, une caresse étrange et rude qui calmerait soudain mon angoisse.

Je le dis.

Encore une seconde et j'apprends contre un tronc l'empirisme des expressions être collé au mur et se faire sauter. C'est nul mais c'est fini. Il a dit deux choses, putain et pardon. Je peux partir à la ville et désormais espérer mieux. Il a pu rejoindre l'écran et n'a pas manqué le troisième but. J'ai oublié son prénom. Je dois avoir un problème, c'est vrai.

J'avais froid, transie dans mes dix-sept ans, quand j'entendis qu'Éric me cherchait. Il aurait pu l'être, ce type à dix-sept ans contre les arbres. Mais rien ne collait : ni l'âge, ni la taille, ni les yeux. Ceux d'Éric sont très beaux, dans le genre mal éteint. Deux minces feux verts et dorés s'insurgent sous un front pessimiste. On les voit même un peu dans le noir.

— Tu m'entendais pas ?
— Non.
— Qu'est-ce que tu fous dans les blés ?
— C'est de l'orge.

Il faut toujours selon lui, il faut encore que je fasse bande à part. Il s'affale au sol à mes côtés, raconte que dedans les gens s'amusent, le FC a marqué deux fois. Jerem notre hôte est messin, tout s'explique. Il me réchauffe, m'impose comme un ami ses bras. Il a bu aussi et il oublie que nos retrouvailles n'ont accouché que d'une distance.
— Un poncho en plastique ?
— Non.
— Un râteau ?
— Toujours pas. Mais tes yeux je m'en souviendrais. C'est toi qui confonds.

Il s'avoue vaincu, admet le jeu lassant. Mais alors que je le croyais sur le point de restituer mon prétendu passé, il enchaîne sur son présent. M'apprend que la mère de ses fils l'a plaqué voici un an. Après six ans d'un mariage selon lui paisible, chiant selon son ex, Éric avait été substitué par un type plus con, plus petit mais moins morne. Il dit qu'il ne s'en remet pas vraiment, reste depuis au stade de l'éjection, durablement sidéré. D'où ce comportement injustement grognon et impatient, il est devenu un type désagréable et ça ne va pas s'arranger. Il s'en excuse. Il dit que moi ça n'a pas l'air d'aller non plus. Dans le genre blessée et désagréable.

— Non. Séparation. Idem.

— C'est lui ?

— C'est moi. Mais ça change rien.

— Ça change tout. Crois-moi.

— J'ose même pas imaginer alors.

Nous savons tant de quelle douleur nous parlons en ces termes courts et heurtés. Une infinie tristesse nous impose alors non pas un développement pour quoi faire, mais la proverbiale politesse d'en rire. On s'entend rigoler d'un même timbre dans la nuit.

— Finalement on se retrouve, tu vois. Si je me rapproche, tu vas peut-être te souvenir ?

— Peut-être.

Et un peu ivre, il se serre comme un chien à mes jambes. Je précise à toutes fins utiles que mon traitement supprime la libido et il rit davantage. Je l'imite. La voyelle infinie. Éric pense que c'est bien, se marrer aux abords des maisons comme celle-ci, ça chasse les fantômes.

— Les maisons comment ?
— Celle de Clotilde. Avec des pendus. Même si Clotilde elle s'en fout.

À ces mots s'impose l'image de ce que j'avais tout à l'heure heurté sous la poutre. Un corps de femme.

— T'as froid ? Tu veux qu'on rentre ?

Entrer à nouveau, je ne peux plus. J'ai en poche mes clés de voiture, je me dirige vers la maison, priant Éric de me rapporter ma veste laissée à l'intérieur. Il dit tu ne vas pas me planter là, en plein champ ? Je m'éloigne. Il crie n'oublie pas nos terminales vendredi. Au moins.

Alors Mme Lefort. Mme Lefort avait épousé la carrosserie Lefort Père et fils. Le fils était à elle, mais pas la carrosserie, le père l'était plus ou moins. Plutôt moins. Elle restait à la maison, les deux autres à la boutique, revenus sans faute à la nuit. Des gens très corrects. Elle s'était pendue dans le séjour en laissant sur la table le hachis Parmentier qu'elle préparait tous les jours pour un fils et un mari qui ne l'avaient jamais trouvé ni bon ni mauvais. À côté des plats, on avait découvert un papier vierge et un stylo. Elle avait dû vouloir mais n'avoir su quoi écrire.

Il est 8 heures du matin et l'aimable Dr Zaccaria a tout de même décroché, supposant un véritable appel au secours. Mme Lefort pouvait attendre midi mais à présent que nous y sommes, allons-y. Il aimerait connaître son prénom, à Mme Lefort. Qui ne s'appelait tout de même pas cette pauvre femme, si ?

— Jeanne, je crois.

Et comme s'il s'agissait de faire enfin quelque chose pour Jeanne, me revient trente ans plus tard ce qu'elle savait faire. Des robes, surtout des robes de mariée. Et des tailleurs. On lui donnait n'importe quel modèle de confection, elle savait le reproduire. Ma mère lui commandait des robes d'été, des ensembles de cérémonie. Image délavée d'une jupe et d'un chemisier assorti, qui gonflaient en 1992 l'aube de ma communion solennelle. Je me revois avec maman, sortant d'un magasin d'usine de la vallée ayant acheté des mètres de liberty afin de les confier à Mme Lefort. Une semaine plus tard, alors que ma mère félicitait la couturière pour la qualité de l'ouvrage, Mme Lefort avait dit bientôt j'arrêterai de coudre pour les autres. Je me souviens du ton de Jeanne Lefort, effrayé et rieur comme si c'était une belle connerie. Elle ferait la couture pour elle, se taillerait des jupes et des corsages pour sortir – après tout M. Lefort changeait bien de voiture tous les ans.

Mais elle avait noué une corde autour d'une poutre aujourd'hui repeinte.

De l'émancipation radicale de Mme Lefort on parla peu, du moins pas à voix haute. M. Lefort se remaria un an plus tard, on s'en remettait. J'avais douze ans et moi je ne m'en remettais pas. Il s'agissait d'une mère, ses enfants à l'école, sa grande maison, sa propre voiture, une réputation, Samaritaine à vous coudre manteaux dans ses rideaux, et derrière le récit, le désastre d'une vie manquée. Déception incapable de se survivre à elle-même, Jeanne était morte sans explication. J'entendis prononcer elle était à bout, et le comprenait comme une description schématique de sa position finale, oscillant au bout de la corde.

Personne ne porta secours à ma stupeur et dans ma stupeur enfla une frayeur, une autre, qui devait être déterminante.

Ici les femmes mariées dans les maisons finissent à bout, à mort.

On les remplace, établissant la preuve qu'elles ne valaient plus rien si elles avaient valu quelque chose. Ici les femmes dans les maisons finissent comme les bagnoles.

Bon. À l'examen, il apparaît au médecin que cette peur n'est pas de mon temps. Autour de 1992, en France, les filles ne devenaient pas couturières, qu'il sache. Certes, mais les filles de mon milieu pouvaient encore se marier par habitudes héritées, hésiter entre un môme et des études. Elles pouvaient alors choisir, au gré d'une variation hormonale perturbant le jugement critique, d'entrer dans l'empire domestique et ne plus trouver la sortie. En grandissant, la menace s'étayait de données empiriques. Je croyais constater chez les femmes de ma lignée la puissance funeste de la reproduction. Toutes mariées, toutes pâles. Trop jeune, je commençais à compter les jours restant à tirer sur place. Ne pas finir comme ça. Ne pas finir.

Et c'est ainsi qu'en fuyant le scénario funeste, j'étais retombée dessus. Dans une plus grande ville auprès d'un homme qui travaillait dehors, peu à peu traversée du frisson suicidaire jusqu'à foutre le camp. J'obéissais à la mémoire de Mme Lefort ? C'est une question qui me vient docteur. Mais Zaccaria pense que le projet n'est pas ici d'y répondre.

— Nous allons en rester là, madame Darras.

Non. Je ne veux pas, je veux qu'on m'écoute même s'il est tard. Je touche quelque chose, avec cette corde.

— Alors c'est la corde qui importe ?

Je veux dire dans la formation de la biche, le drame de la poutre est fondateur, c'est évident.

— Ou pas. Les évidences prennent du temps à apparaître.

Peut-être mais j'en tiens une. Jusqu'à aujourd'hui face à chaque décision supposant de faire couple, à l'orée de chaque situation annonçant une vie conjugale, la peur me vient de la corde au cou. Elle décide pour moi sans dire son nom. Ça va loin, jusqu'au ridicule. Aucun homme ne peut m'offrir un collier sans que je le lui rende sur-le-champ.

Entre le mariage et la mort, entre la vie domestique et la mort, entre demeurer là et la mort, entre le pavillon neuf et la mort, s'abat tôt ou tard un signe égal. Tôt ou tard. Et sur cette équation repose en grande partie mon système, brusque et si peu raffiné, de préservation.

Se faire prendre puis détaler.

Je ne suis pas de mon temps, d'accord, alors je suis d'un temps mythologique : dans les contes, l'instinct des filles n'est pas inné, il se forme dans l'effroi. Les loups, les belles-mères, les ours. N'est-ce pas Ariel ?

— Probablement madame Darras.

J'ai réussi à raccrocher la première, de vitesse. Si c'est lui qui raccroche j'éprouve aussitôt le besoin de rappeler. Blanche m'appelait à son tour, tôt, le matin c'est son heure, sans dire allô ni alors.

Qu'est-ce que *ça* donne ?

Ça commence.

Cela commence et puis cela continue. La deuxième séance de l'atelier se tient dans une salle de cours qu'Éric m'a indiquée, j'y vais, et à la porte encore un mort. Bien plus piètre spectre que je bouscule, songeant t'as pas bougé saleté, et le traverse. La veille, j'ai avalé double ration de cachetons par mégarde, alors tout en transports et détachement, je me sens une santé à écraser les épouvantails comme des merdes.

Bonjour les jeunes. Bonjour madame.

Je retrouve mes terminales ce vendredi après leur toute dernière pause dans la cour intérieure. Débordante d'une empathie de laboratoire, je regarde les gosses comme si c'étaient les miens. Trente fois leurs teints refroidis par le vent dans la cour, trente fois leur attention basse, leurs corps de fin de journée, à la fois fourbus et irritables.

Pauvres petits.

Je me souviens de cet âge mutant comme d'hier. Je peux me raconter leurs efforts pour finir dignement de croître, sans cri, sans trop d'étrangetés. Je sais la surprise de cette année et l'inquiétude neuve qui vient avec. C'est au lycée que la vie commence, pas grand-chose de tangible au fond avant lui. Le bled et la famille, des passions nouées avec un sport ou une cousine, et de cela rien ne tiendra. Le lycée dissout en trois ans les liens d'avant, les corps du collège, beautés comme laideurs, les fiertés, les frayeurs, les programmes des gosses qui voulaient encore devenir peintres ou présidents. Ce qui reste est un début de personnalité.

On ressemble en terminale à qui l'on sera, si c'est à ses darons ou à une affiche, tant pis, c'est plié.

Au lycée, l'inégalité dans la distribution des ressources, au maximum un peu voyante l'an d'avant, se révèle dans ses énormités et le jeu de chacun étalé dans une douloureuse évidence. Je me souviens de cette sensation, un frisson que j'étais incapable d'articuler : ce serait désormais *comme ça*. Vivre serait faire avec ce que l'on a.

Au lycée, pour la plupart, on apprend pour toujours ce qu'avoir veut dire. Ce que manquer veut dire.

Je cherche Lucie, pour lui sourire bêtement. Postée à l'avant-dernier rang, pieds crânement posés sur le bureau, elle porte un modèle de Doc Martens noires, basses, ouvertes et à bride et cela m'étonne. Je les pensais prohibées. Au lycée, la prise de tête de l'année 1996, en dehors des équations différentielles et de Laeticia va-t-elle vraiment épouser Johnny, ce furent les Dr. Martens. La Doc venait de changer de statut, passée de grole punk à signe extérieur de richesse, encore plus racé que la Barbour et dramatisant n'importe quel fuseau Dorotennis. Comment les payer ? Quel modèle choisir pour ce prix délirant ? Porter la Doc coquée avec couture jaune demandant de maîtriser avec aisance des références *urban rock* londoniennes que l'on n'avait pas en vérité, et le risque était grand de sembler déguisée. Sans la coque et sans la couture jaune ? Risque d'avoir l'air ordinaire, inutile de sortir cinq cents francs pour un malaise gratuitement distribué. Hautes ou basses, noires ou marron à semelles naturelles, voire blanches à semelles noires ? En cas d'erreur, personne n'avait encore inventé Vinted pour qu'on s'en débarrasse à moindre perte en dix minutes. Mais en 1996 on savait qu'avec la Doc à boucle on tenait la gaffe à ne pas faire dans toute l'histoire de la maroquinerie. Une ballerine somme toute. La fille qui veut des Doc mais n'a pas le cran, qui veut faire casseuse mais uniquement si ça passe avec une jupe. De toute évidence le soulier à boucle a changé d'axe, comme tout le monde.

Bonjour Michelle. Bonjour Éric.

Je propose d'emblée de nous épargner le rebutant questions-réponses, surtout pour ce que ça donne, et reprendre mon monologue à l'épisode où l'on était restés quelques jours auparavant. Quelque part dans mon adolescence bizarre, tendue entre le sucre et la lecture. Pas exactement au même endroit, un peu plus tard. En 1996 tiens.

Allez.

En 1996, j'entre en première littéraire poussant devant moi ma légende de phraseuse et, dans l'esprit des enseignants comme dans le mien, j'ai un destin: rédiger. On verrait bien quoi mais c'était tracé. Ma sœur devant moi ouvrait la voie des études supérieures et, à grands coups d'Erasmus, apprivoisait déjà les villes énormes. Ma place n'était ni à identifier, ni à conquérir, ni à forcer et à cette époque-là, je n'avais plus peur. C'était mystérieux, sans carte, je supposais bien quelques fourrés hostiles par-ci par-là mais sinon c'était tout droit. Physique quelconque, je poursuivais d'autant mes acrobaties de biche savante. Relativement savante, tempérait ma mère, me rappelant que dans un lycée mieux situé, je serais tout juste la moins ridicule des cancres.

Tandis que pour énoncer ces fadaises, je cherche mes mots, le fantôme à la porte revient dans le paysage. Arrogant, empestant l'Eau dynamisante de Clarins, dont il se parfume depuis trente ans dans ma tête, il me provoque jusque dans cet âge. Putain je vais me le faire.

— Michelle ? s'inquiète Éric de mon silence bouche ouverte.

Or en cette année en première, m'échoit Mme F., la professeure de lettres dont s'enorgueillit l'établissement parce qu'elle est à la fois la seule agrégée et l'exception laïque. À mon égard, ses phrases d'accueil avaient interrompu l'appel le premier jour, « Michelle c'est donc vous. On m'a beaucoup parlé de vos facilités. Mais moi je suis exigeante. »

Elle prononce vos facilités comme on pense vos limites et pourtant je veux déjà lui plaire. La biche n'anticipe que les dangers grossiers, les trous, le froid, les chiens. Aussi m'échappe la subtilité de la menace. Je vais subir cette année-là une entreprise de sape dont je ne suis même pas l'objet direct, visant à démontrer à la direction l'incompétence de mes précédents profs de français, leur niaise admiration pour le lexique d'une bouquineuse pastorale. L'exigeante me collera des 5 sur 20 toute l'année.

Bientôt, ma confiance s'effondre. Je m'imaginais un destin, j'étais une imposture. Je lutte, car la biche garde sous sa peau une sensation pourtant mille fois trahie : les femmes sont liées entre elles par un genre de concorde et Mme F., au fond, ne me veut que du bien. Thèse dont la mièvrerie est soutenue par mes parents, « c'est bien, tu allais penser que c'était simple ». Je lis toujours plus, je lui en parle à l'agrégée, d'Éluard, de Blanchot, Ernaux et Pinget, en vrac. Mais cette débauche de liseries arrivistes et désordonnées la dégoûte. « C'est boulimique, dites-moi. »

C'est quoi Mme F. ? Rien pourtant. Une créature maigre se cherchant entre l'étudiante et la cavalière, collant à l'idée que dans les films on se fait des universitaires, des vraiment titrées. Faux carré Hermès fourré à l'encolure d'un pull Armor Lux précieusement infusé d'un antimite qui l'emporte souvent sur le Clarins, des bottes pour aller plutôt à cheval qu'ici et de voyantes montures de lunettes de crevarde qui s'y connaît en design de couturier. Elle adopte tous les réflexes d'une caste de référence à laquelle elle n'a plus le temps d'appartenir, c'est manqué pour toujours. C'est pour ça sûrement la rancœur, s'occuper la vie ratée en flinguant des gamines.

De mois en mois, les tôles s'accumulent mais je suis lancée. Lancer un animal en forêt, c'est faire croire à la bête affolée qu'elle pourra s'en sortir, si elle court plus et plus vite. *Si elle fait mieux.* Ce faisant, la bête s'empoisonne et se laisse cueillir.

En mai, alors qu'à voix haute Mme F. contemple pour moi une réorientation vers les filières techniques, plus en accord avec ce qu'elle appelle mes possibilités, j'ose le dire, le murmurer disons, j'envisage une prépa littéraire. Elle affecte faillir s'étouffer. Sans lui laisser le temps de grimacer davantage, j'enchaîne que voilà, je serai, disons il se pourrait que je devienne madame, allez je me lance, écrivain.

Son regard.

Dans mon cauchemar, produit d'une rage que je n'ai jamais voulu apaiser parce que certaines ambitions peut-être s'y chauffent, je sens encore son haleine sur mon front quand elle répétait, ses yeux épouvantés allant de droite à gauche, écrivain, écrivain… Mon Dieu mais ce n'est pas pour vous Michelle. Je l'écoute, sciée. Elle continue. Et même, pour être édité, il faut connaître des gens Michelle. À Paris. Vous en connaissez ?

Je connaissais mes parents, qui connaissaient leurs voisins. Cette sanction grotesque, je l'ai crue. Elle répétait je suis désolée, Michelle. Et ces évidences qu'elle regrettait d'avoir à m'apprendre témoignaient en creux de son drame à elle : endurer des collègues capables de laisser mariner une cancre telle que moi dans le bain émollient de l'autosatisfaction, tout ça pour fabriquer à la fin des petites filles aux allumettes, bâillant après des horizons hors d'atteinte, des Quartiers latins. Pour moi, pour l'établissement, pour la France peut-être, elle était désolée.

Et c'est encore elle qui m'attendait à la porte, mal enfoncée dans ses bottes à la con, cirées à se voir dedans. Et me revenait sans qu'elle me reprenne vraiment cette terreur-là qu'elle avait peut-être inventée en moi. La terreur d'être lancée.

À la fin de l'année de première, j'étais vide. Puisque je n'avais jamais, pas une heure, employé ma rage, mon imagination ou mon ennui à prévoir autre chose qu'écrire, je n'avais aucun plan B et je n'avais rien appris. Un blanc visqueux, extensif, correspondait à « l'année prochaine ». Avoir le bac pour quoi. Aller en cours pour quoi. Et bientôt, se lever, pour quoi. La dépression. Pas la clarteuse, qui se plaint, qui se décrit entre adultes et atteint la conscience pour d'excellents résultats en matière de connaissance de soi. L'autre, la jeune. Celle qui se planque sous des fringues trop vastes, qui ment, qui bouffe, se touche à n'importe quelle heure.

Non évidemment je n'ai pas raconté tout ça, pas étalé ma rancune, pas fini de foutre en l'air l'image esquintée des profs. J'ai enjolivé pour arriver au plus cinématographique.

Et donc, dans cet état entre rien à foutre et rêver de tous les buter, il fallait bien s'occuper. À la fin de cette même année, dans le sillage d'une redoublante qui porte des jeans volés, se forme une bande d'idiotes dont moi. Dans sa chambre à l'internat, décorée de trophées arrachés aux linéaires des parfumeries, la redoublante expose que le vol est un sport de la classe – il faut paraître n'avoir besoin de rien – qui se pratique en escadron. Le jour d'après, en masse, sursapées et possédées d'une volonté qui n'est plus la nôtre, nous descendons sur la ville chiche en boutiques.

Dans un truc de prêt-à-porter, nous choisissons ce qui nous plaît, joyeuses de déconner pour la beauté du geste comme des puissantes, nous imprimons à nos mouvements une grâce de princesses kleptomanes, proches de l'éléphant dans la fabrique de cristal. Dans l'Est, c'est le cristal, pas la porcelaine. Nous sommes aussitôt repérées. Mais la redoublante me fait signe qu'on se retrouve dans les cabines d'essayage et moi j'y vais car elle m'a choisie. Elle n'a pas fait signe aux autres. Dans l'intervalle toutes détalent, et la vendeuse me cueille. Moi et une autre interne, Louise de quelque chose, qui n'avait rien pris parce que tout était moche, qui n'a pas souhaité courir, qui s'en foutait et qui m'attend.

Bref je me fais attraper. Louise, qui n'a rien dans son sac, est relâchée. En garde à vue la biche, qui ne s'appelle pas encore biche. Baptisée ainsi seulement le lendemain au lycée par Louise de, qui de sang chasseur sait qu'en forêt les hardes en danger jettent l'un des leurs aux chiens, pour sauver tous les autres. Un tout jeune cerf idiot ou un très vieux cerf encombrant, mais souvent une biche.

Ce jour-là en ville, ce fut moi.

— Et après ? demande Éric pour des raisons toujours plus personnelles.

À la suite de la plainte du commerçant, c'est logiquement un tribunal. Un quart d'heure devant un juge qui veut à peine savoir ce que je fous là et me mets dehors avec un sermon sur la chance (déjà) et mes pauvres parents qui. Voilà.

— Et après ? s'impatiente Éric.

— Et après rien, enfin si le bac, un job d'été. La vie majeure.

— Un job d'été ? est sur le point de s'énerver Éric mais trop tard.

La sonnerie de 17 heures catastrophe la classe vers la porte. Gros appel d'air du vendredi soir, derniers fracas de voix et de godasses, puis un silence immense givre en quelques minutes le bâtiment.

Me voici seule avec le prof.

— C'était bien, non, dis-je, c'était mieux ?

— C'était nul. Aucun échange, autosatisfait, plat, pas de surprise…

— Fallait faire venir un animateur alors. Quelqu'un qui a le Bafa.

— … pas de morale.

— Je vais y aller, moi. À mardi ?

— Ou pas. Pour ce que tu donnes, tu vas pas leur manquer, prétendait le sale type.

— Mais qu'est-ce que tu me veux putain ?

Puisque c'est lui que j'enfonce manifestement, à lui que moi, égoïste et désincarnée, je ne donne rien. Il m'achève avec ses mystères inutiles, devrais-je dire ses fantasmes, si j'avais fréquenté un emmerdeur de cet ordre il est probable que je m'en souvienne.

Et comme je criais presque, il a fermé la porte.

— OK. On était en terminale ensemble, c'est ça ?

— Non Michelle, j'ai deux ans de plus.

— On est sortis ensemble ? On a tué quelqu'un ?

— Tu te souviens pas que t'as fait des TIG en 1997 ? Aux Eaux et Forêts, c'était pas un job d'été !

Je garde de ce temps des images floues. Des marches à travers bois et le long des routes, équipée de sacs orange et de longues pinces. Moi, dans le sillage de silhouettes vêtues de gore-tex kaki avançant dans les trop hautes bottes en caoutchouc prêtées par l'organisme. Jusqu'à aujourd'hui je n'aurais pas su dire s'il s'agissait de bénévolat ou d'un travail saisonnier. Il s'agissait de ces gentilles condamnations, humiliantes et dissuasives, qu'on réserve aux mineurs pas vraiment délinquants. En l'espèce, trois semaines de travaux d'intérêt général effectués au sein des Eaux et Forêts, affectée à la propreté des sites.

Parmi les silhouettes en gore-tex, celle, longiligne, d'un saisonnier, Éric, 21 ans. Plus ou moins neveu du directeur général et placé là pour lui apprendre à rater ses partiels deux ans de suite.

Étrangers le premier jour, nous étions proches le vendredi, joints dans quelque grande famille de ceux qui « l'ont fait », ramasser des merdes.

Il restait une semaine de corvées quand il m'emmena un samedi, dans la bagnole de son frère, assister à un concert de Louise Attaque, me restitue enfin Éric, dans le calme d'une salle des profs. J'aurais été très jolie ce soir-là, très au courant des paroles de «Ton invitation». J'ai dû m'tromper dans l'heure, j'ai dû m'gourer dans la saison. Et ce fut, selon Éric, dramatiquement annonciateur. Après ce concert, il était aussi tacite qu'évident qu'on allait muer l'épuisant stage poubelles en formateur stage de baise – dans la mesure où mon noviciat était, sinon déclaré, apparent. C'était prévu, on s'était mis d'accord dans la langue muette et cardiaque des petits amoureux, après le concert, dans la Ford KA du frère.

Et puis ce vendredi après-midi nous étions lui et moi affectés au nord de la Moselle, juste avant qu'elle rencontre la Meurthe. Il avait arrangé ce disons privilège avec le tuteur, je n'étais pas informée de cette affectation fluviale, idéale pour se rouler des pelles. Il m'entraîne, surprise, et entre deux aulnes m'étreint, m'annonce que nous sommes supposés draguer, c'est drôle. Draguer toute la journée les objets flottants massés sur les bords, tout seuls, tous les deux.

Je l'aurais repoussé, légèrement mordu, et dans un état inqualifiable aurait rejoint le préfabriqué des employés, m'y faire porter pâle.

Il ne m'en aurait pas voulu. Je semblais si terriblement effrayée par la perspective de notre rapprochement qu'il en était resté intimidé longtemps. En 1997, les jeunes filles n'étaient joignables que chez leurs parents. Il n'avait pas osé.

— Ça te revient ?

Me reviennent par fragments les éléments d'un visage. Un visage qui devait ressembler au sien avant la fatigue d'être adulte. Des yeux clairs, encore plus clairs, incroyablement lumineux, étroits et comme ouverts au couteau. Mais aucune trace de l'épisode des rives de la Moselle, qui me semble toutefois hautement probable. J'ai en horreur ces endroits spongieux et verdâtres, l'odeur m'incommode à la nausée. Il aura pris ce dégoût pour la décampe de l'allumeuse, se sera vexé.

C'est décevant. J'attendais autre chose de cette révélation d'Éric, bien plus qu'un rendez-vous foiré entre deux empotés du siècle dernier. Je lui en veux d'avoir pris tant de jours pour me restituer si peu. Comme si j'avais, moi, du temps à perdre.

— Alors !

Et cette fois, c'est moi qui commence. Mon médecin est bien centré dans l'écran mais son regard dévie, descend vers la droite. Il semble scruter le médaillon où son visage s'inscrit. Il se recoiffe. Je me recoiffe aussi dans un mimétisme réflexe qui me surprend. Nous sommes ridicules.

— Allô ?

— Je suis là, Michelle.

— Je suis maboule, docteur.

— Ne vous surestimez pas.

— Pourquoi je me suis inventé un truc pareil ?

— Pour ne pas dépendre du réel. Vous en déprendre. C'est une lettre, c'est drôle.

— Pourquoi ?

— Pour pouvoir traverser le réel vous en modifiez les paramètres.

Il remarquera que je ne modifie ni le décor, ni la date, ni l'effort, ni la météo dans cette histoire de limon et de sacs-poubelle. J'y change simplement de statut. Dans mon passé recomposé je ne suis pas condamnée. J'effectue délibérément une tâche bénévole. Je suis tout à fait *libre*. C'est frappant mais finalement très attendu.

— Pourquoi attendu ?

J'ai l'impression d'être une gosse de trois ans, pourquoi, pourquoi. Mais bon, il tient le coup.

— En modifiant la réalité, vous en devenez l'auteure. Vous reprenez ainsi le pouvoir sur elle. C'est un phénomène… courant.

— Parce que je suis auteure ?

— Ou autrice. Encore un paramètre que vous modifiez pour reprendre du pouvoir. Enfin c'est une autre histoire. Mais pas tout à fait une autre non plus.

— Pourquoi ? Pourquoi je fais ça ?

Il n'en sait rien, comme d'habitude. Pour le liquider, suppose-t-il. Pas dans son ensemble évidemment, l'opération vise toujours un seul événement. Il cherche des analogies. Tenez, ce serait, chez un artiste, entièrement repeindre un tableau pour masquer un seul trait.

— C'est noyer le bébé avec l'eau du bain, dis-je, catégorique.

Et puis je me corrige, l'image est trompeuse et je veux la retirer.

Il ne veut pas. L'image est la bonne puisqu'elle est venue.

Il met à la séance le terme habituel. Abrupt.

Ayant raccroché, je me surprends moins seule pour la première fois depuis longtemps. Je connais cette sensation, qui s'adresse tout à la fois aux narines et au rêve : une présence palpite, ni lointaine ni proche. Quelqu'un est là et m'attend quelque part.

De quoi s'agit-il ?

Dans l'intervalle, le souvenir d'Éric s'était densifié tandis que je bavardais psychologie au téléphone. À présent, il essayait à l'air libre ces détails tout neufs. Les yeux au couteau, finesse des attaches, longues jambes, épaules menues. Et alors qu'il n'était pas dans la pièce, enfin nous reprenions contact. De quoi s'agit-il, de ça. De ce qui n'existe pas et qui, d'une heure à l'autre, prend toute la place qu'on lui donne.

Pas l'amour, pas du tout.

L'idée.

Parmi les hommes qui nous approchent, nous les femmes, j'ai appris à distinguer les attirés par nos deuils. Ceux que la tristesse rassure, séduits par l'affliction. Le chagrin d'une femme les tranquillise comme rien d'autre : elle ne demandera plus rien, fidèle à sa peine comme au grand amour, ils peuvent alors passer puis disparaître, elle s'en fout. Qu'importe qu'elle se répète en silence un prénom qui n'est pas le leur, elles seront douces ; leur présence n'est jamais trop puisqu'elle voit à travers et ce qu'elle voit, c'est un autre. C'est précisément d'être transparents qui réjouit ces hommes-là. C'est comme faire le troisième dans un lit, recruté au poste de celui qui part en vidant le minibar tandis que l'amant prioritaire reste dormir, voué lui à se cogner les foudres du réveil, ranger la chambre. Les hommes qui excellent à incarner ces troisièmes sont malheureux, en général éjectés d'un couple original, leur place un jour usurpée par un autre, ils sont inconsolables.

Et cela chez Éric, cela au moins je l'avais reconnu. Il identifiait à cent mètres la vraie tristesse et y venait confiant comme à l'autel. C'était doux et sacré, il y retrouvait sa propre image de meurtri, s'excitant en somme lui-même dans un mélange sans passion de cul et de piété. C'était très bien pour moi, pour la séquence.

La fusion momentanée de nos nuages, voilà ce qu'il advint de nous. Deux corps à peine tièdes, distraits, vite intenables ensemble et qui se filent entre les doigts. Son érection même avait quelque chose de poli, de gamin. Il n'était pas question d'orgasme, pas question d'amitié non plus. C'était autre chose, comme partager un joint en silence. C'était se bercer soi et l'autre du dedans, c'était presque bien.

Il me caressa jusqu'à ce que je m'endorme.

Du moins à ce que je pus déduire vers 6 heures du matin, quand je me constatai demi-habillée en travers du lit, sans fierté mais sans regret non plus. À peine surprise de me trouver contre le flanc trop froid pour que je puisse m'y abandonner d'un camarade de forêt ramassé à mes côtés. Tout ça après des jours à flairer nos peurs réciproques et pour quand même se chasser à la fin, c'est certain.

— Si tu te souvenais pas de moi, pourquoi t'es venue ?

Pour voir.

LUCIE

Vendredi soir, l'internat ferme pour quarante-huit heures et Lucie rentre chez elle, enfin elle dit chez mes parents, elle dira chez moi le jour où ça ressemblera à quelque chose. Et comme elle se sera taillée avant ce jour-là, elle dira chez moi quand ce sera vrai, dans une ville décente.

Ce bordel. La boulangerie de son père est contiguë à la maison et les sacs de farine ancienne tapissent les murs comme si on allait se faire bombarder, qu'il fallait protéger la bicoque en carton. Au moins ça sent bon, c'est quelque chose que même Lucie ne peut pas enlever à cette profession de crève-la-dalle. Il a dû faire sa nouveauté, des roulés à la cannelle pour un régiment, qu'elle devra embarquer à l'internat « pour ses camarades de chambre ». Mais depuis quand on se battrait pour des viennoiseries rassies dans la mesure où c'est pas la famine, donc poubelle à la descente du car. Dans deux secondes, Lucie s'annoncera par un grognement à quoi sa mère, qu'est toujours là à balayer la farine qui filtre sous les portes, lui répondra avec une voix palpitante de l'affection stockée depuis dimanche dernier, elle est comme ça. Lucie pense qu'elle a de la chance de pas être tombée sur un mec qui cogne, elle aurait dit merci. Son père est le contraire de la brute, dans le genre brave et toujours ému et que la boulangerie avec ses horaires de dingo a davantage abruti. Ses amis l'appellent Nounours, et il leur répond en plus. Lucie pense que dès l'instant où t'acceptes Nounours, c'est plus la peine de prétendre à une quelconque réussite, CQFD.

– C'est toi ma chérie ?

Parce que ça pourrait être qui, la Française des jeux ? Les parents de Lucie sont arrivés ici il y a trois ans pour installer la boulangerie avec un entrain idiot qui tarde à leur passer.

Vingt clients par jour assez sympas, et qui à peine sortis gueulent sur le prix des pains qui sont même pas blancs, pour deux qui sont contents de pas faire quinze bornes pour un croissant. Mais ça continue à se dire, sa mère et son père, qu'ils sont indispensables au tissu économique du canton alors on va tenir. Si on vit de ce qu'on se raconte, faudrait pas que la source soit coupée, ils sécheraient direct. Pas un rond, pas un espoir, pas de vacances et elle, Lucie, qui ne fait rien de spécial pour ressembler à une perspective d'avenir. Mais là idem, les parents se flattent que la gosse soit scolarisée dans le privé catho, ça « fera toute la différence plus tard ». Bien sûr. Lucie imagine bien un directeur d'école de commerce s'émerveiller que ses vieux aient choisi, sur les trois lycées inconnus d'une ville inconnue, celui qui avait 78 % de réussite au bac contre 70 % pour les deux autres. Ses parents ont une vision du monde parfaitement erronée qu'ils se sont bricolée tout seuls, on ne sait vraiment pas à partir de quoi. Ils sont chrétiens ces cons, certes. Ceux qui ont inventé la mièvrerie et dont toute l'analyse politique des conflits les plus sanglants se résume par « mon Dieu, ils ne peuvent pas s'entendre ces gens ? » mais ça n'explique pas tout. Doit y avoir une disposition génétique à l'aveuglement et Lucie, qui n'a plus l'âge de se faire plaisir en se disant j'ai été adoptée, espère être passée entre les gouttes.

— Viens goûter, papa a fait des roulés.

Sa mère ne la laissera pas filer comme ça dans la piaule, il va falloir raconter deux, trois trucs pour avoir la paix tandis qu'elle lui file son linge sale, qu'elles le mettent ensemble dans le tambour au titre du moment mère-fille que la boulangère attend toute la semaine. Y a de ces vies. Maman se souvient, avec une gourmandise incompréhensible mais on commence à cerner le personnage, maman se souvient que c'était cette semaine, l'écrivaine. Parce que, avec la chance qu'on a dans ce lycée, tu vois, ils font venir des artistes et des intellectuelles, c'est pas à Roger-Vaillant qu'ils auraient ça.

Eh bien, Lucie, l'écrivaine lui a tapé sur les nerfs, comme beaucoup de monde en effet, mais singulièrement. Le genre qui pense que juste en apparaissant dans l'encadrement d'une porte, elle marque des points. Qui part du principe – comme la boulangère, remarque, donc ça doit être fondé quelque part – que les mômes ont de la chance qu'elle vienne. Qui joue la crevée qui doit se tenir aux murs, qu'a rien bossé et compte sur les questions de ceux qui sont pas payés pour, mais seraient censés avoir préparé. Sans compter la façon de parler, limite audible, avec des silences de mille ans comme les gens qui savent qu'ils ont le droit de prendre leur temps. Bien sûr personne se faisait chier à demander qu'elle répète, trois rangées sur cinq sauront jamais à quel point elles n'ont rien raté. Bref, toute l'arrogance du hors-sol tête à claques qui voudrait quand même te faire croire qu'il est natif. C'était le pompon, ça, qu'elle était du cru. Tout ce qu'elle avait dans les mains, le stylo, un genre de carnet en cuir, un foulard avec des couleurs criardes, tout avait un prix dément et elle te tripotait tout ça avec un naturel qui s'apprend pas, tu l'as ou tu l'as pas, en te bricolant la pseudo-légende de la pauvre fille qui doit voler ses fringues. Même Wolf était gêné pour elle, elle a rien vu. Elle s'est fendue d'un couplet au son de je suis des vôtres, déballant des soi-disant souvenirs à se coller une balle de honte. Et la prof de lettres qui l'a pas comprise, et le prof de philo qui lui a appris à réfléchir, et qu'elle souhaite que ça nous arrive... La meuf a quatre cents ans. Aujourd'hui les profs ils s'occupent d'éviter les coups de couteau qui peuvent arriver n'importe quand et pour sauver un jeune, faudrait déjà que le jeune candidate. À part Lucie, ils sont tous satisfaits de leur sort, et quand elle les contemple, tout contents d'avoir une connexion Internet, un plan cul par an et quelques cours pas annulés, et qu'elle imagine que c'est la même génération qu'elle va retrouver toute sa vie, à la fac, au taf, elle a envie de se faire cryogéniser.

Donc l'écrivaine maman, qu'est-ce que tu veux que je te dise. Personne n'avait lu ses livres pour les 9-12 ans, donc pour les questions-réponses c'était mort et les blancs fusaient comme des pets de lapin. Cyril avait préparé une blague mauvaise, comme quoi on aurait mérité David Foenkinos et, contre l'avis général, il l'a servie dès le premier set, difficilement, parce qu'il s'étranglait de rire persuadé de tenir la vanne du siècle. Ce fut poignant, la Parisienne a eu l'air emmerdée comme si vraiment les élèves s'étaient fait rouler avec elle. Encore une qui doit aller bien. Aussi, Lucie qui n'est pas une pute, simplement une gamine tout en exigence, a fait du sentiment. Elle avait presque de la peine pour l'autrice, elle a demandé un truc au pif et a eu tout le reste du cours pour le regretter. La vieille s'est ensuite accrochée à son regard comme à un radeau et n'a plus parlé qu'à elle, ultra-voyant.

Ça c'était les deux premières fois. Embarrassant mais vivable.

Mais elle est venue une troisième fois, vu que c'était le concept. Au début, elle était fringuée comme eux, un jean une chemise des baskets, tellement bateau que c'était difficile à qualifier. Ça pouvait être du je-m'en-foutisme, vas-y que je t'enfile le premier truc en haut de la pile. Ça pouvait être de la manip, je réduis la distance en m'habillant comme toi, on aura tous les deux moins peur. Tout dans les bleus et beiges assez chers. Stella aussi s'habille comme ça, mais avec beaucoup de salope dans la démarche et de chaînette en plaqué, ce qui donne à l'ensemble un côté affolant bon marché.

Mais l'autrice, pour ce dernier atelier elle s'était mise en authentique taspé de chez elle, le petit sac, le petit cuir, le petit fute et un top limite transpa, manquait plus qu'un chien hypoallergénique à deux mille balles au bout d'une laisse Cartier et l'autre main libre pour ramasser les crottes. Une carte postale. Tout ça pour dire, c'était plus la même, un enthousiasme sans rapport avec le contexte qu'était pourtant toujours le même.

Dedans, classe moitié sous Lexo, moitié décrochée qu'attend que ça sonne, atelier créatif toujours pas lancé. Dehors, temps de merde et personne en librairie. Et pourtant, banane sur face joviale et maquillée de l'autrice. Lucie connaît bien cet air de fofolle shootée à une histoire qu'elle se passe en boucle. C'est l'air de sa mère. Alors, l'habitude, Lucie se demande ce que ça peut se raconter. L'écrivaine doit pas se monter des boulangeries-pâtisseries sur deux cents mètres carrés + une employée en centre-ville, et voir sa gosse en prépa quand elle ferme les yeux. Non. Ça doit concerner sa vie sentimentale.

On posait des questions polies sur le métier et l'autrice n'écoutait rien, en revanche elle se réveillait au maximum, limite à tourner au rouge vif dès que Wolf se tournait vers elle. Et c'est là que Lucie a percuté en même temps que toute la classe. Tu parles d'un atelier. L'invitée bidouillait son truc perso, à base d'allumage en planque et eux, les terminales HLP en otages de son entreprise de drague vouée à l'échec, vu son âge. Et vu la concurrence surtout, dans la mesure où vingt pour cent des femelles à la ronde subissent les mêmes radiations. À côté de tous les amorphes du lycée prétendant sur la base d'on ne sait quoi à l'étiquette mâles, Wolf incarne officiellement une virilité totale qui vaudrait le coup de devenir dingue, selon Stella qui l'avait heureusement déclaré d'emblée trop ieuv. Sans quoi ça faisait un prof au commissariat avant la fin de l'année. Stella met qui elle veut à genoux, même des majeurs avec un cerveau et une morale. Bref, c'était navrant comme spectacle, aussi Lucie a lâché l'affaire niveau participation et elle ne sait plus tellement ce qui s'est passé par la suite.

Bien sûr, elle ne l'expose pas tel quel à sa mère. Elle se concentre sur les détails insignifiants dont sa mère, avec son tempérament extraterrestre, saura se faire des montagnes de joie pour le week-end, faites-lui confiance. Lucie rapporte qu'à la fin l'atelier débouchera sur des textes, des autoportraits, dont les meilleurs seront publiés dans la presse locale, Wolf étant pote du temps de sa splendeur avec un autre jeune qui écrivait des poèmes et, de fil en aiguille avec le temps et l'obligation de bouffer, ça lui fait un vieux pote à *Vosges Matin*, un dénommé Jeff. Le genre d'anecdote qui fascine la mère. Pouvoir sonner une ancienne relation de quartier comme ça tu vois, ça vaut le coup d'être généreux, les gens n'oublient jamais. Elle y voit une justice sociale, du moins un truc qui s'en rapproche faute de mieux.

Et elle n'est pas au bout de sa joie, Lucie lui réserve un truc qui va la bouleverser : elle s'est vu offrir d'assurer la coordination entre le journal et le lycée. Il fallait quelqu'un qui parle français tout bêtement, qui sache faire la différence entre un adjectif et un adverbe, et Lucie connaît deux ou trois trucs en la matière. Encore heureux. On ne lui offre que des livres parce que c'est comme l'orthodontie c'est hors budget, radote sa sainte de mère qui se paie une paire de pompes tous les deux ans à cause du sens des affaires de Nounours. Et ça consiste en quoi ce privilège ? En gros, le job lui vaut de se taper des allers-retours lycée-canard, assister à deux ou trois conférences de rédac pour savoir quand et comment allait-on publier la prose des jeunes.

Et ça rate pas, sa mère la félicite comme si elle avait décroché un CDI à Canal+. D'où le fait qu'elle n'est pas rentrée direct ce soir à la maison ? Affirmatif. Elle a fait sa première visite dans les locaux du journal. Pas que des vieux étonnamment, et tous très gentils, Jeff l'a présentée à tout le monde en improvisant sur la base de sa méconnaissance des jeunes, il a dit voilà c'est la petite qui se passionne pour l'écriture, je compte sur vous pour nous en faire une future correspondante locale, on a besoin d'une relève. Le pauvre. Lucie s'est retenue de dire ce qu'elle pensait pour une fois. Dans le futur, elle préférait plutôt gagner de la thune et la relève pour eux, si tout allait bien, c'était l'IA. Tout le monde a été très accueillant donc, à une vieille cheloue près, qui s'est présentée en tant que Sylvie mais que les autres appelaient *Cold Case*. Lucie, on lui a filé une madeleine et un Coca, on lui a demandé si elle voulait faire une pige un de ces quatre. Ou même le portrait de Michelle Darras que Jeff devait rendre hier mais il a été sur les incendies à Remiremont. Lucie a dit non, elle pouvait pas écrire sur la meuf, rapport elle avait des réserves et en presse locale y a des obligations à être sympa. Tout le monde s'est récrié et marré, elle avait dû toucher un nerf. Après quoi, la vieille cheloue lui a enfin adressé la parole pour dire tiens tu sais pourquoi ton écrivaine elle s'intéresse tellement à l'affaire Villemin ? Et les autres ont embrayé, ça s'arrêtera donc jamais c't'histoire, on peut pas leur foutre la paix aux Villemin et qu'ils espéraient que Darras en fasse pas un album, c'est tout de même pas une histoire pour les enfants. Lucie aurait bien participé mais c'était un coup à louper le car.

Le job fait, la mère comblée, Lucie est allée s'étendre dans sa chambre, sur sa couette repassée nickel mais qui sent la sciure rapport à la lessive écologique, c'est-à-dire sans lessive. Ça fait partie des petites choses qui, en s'accumulant, font que finalement on est content de retrouver l'internat le lundi.

Je partageais un exquis silence en voiture avec Éric, sur la D11, là où elle frôle les forêts domaniales des Hautes Vosges. Coude à coude, nous laissions planer comme un gaz doux et peu entêtant, cette intimité-là qui vient après l'amour camarade, après le corps à corps qui en une nuit a fait à l'amitié passer le cran de l'alliance. J'adore ça. Mal disposée à la passion, manquant absolument du dévouement qu'il faut pour la mener quelque part, j'ai allumé souvent, couvé souvent, le feu doux des fraternités érotiques.

Des arbres plein les vitres, la voiture d'Éric sent les Marlboro et le Givenchy, je baigne dans le tabagisme passif et cet état de stupeur lancinant et chaud fait de silences, des variations lentes du paysage et d'un infime, infime désir. Nous étions partis en fin de matinée. Il m'avait enlevée ou, plutôt, voulait m'emmener en hauteur. J'ai dit je les connais les sommets.

— Et alors ? Puisque tu oublies tout.

Nous écoutions de la folk, il ne m'en voulait plus. Lui aussi manquait de tout pour la colère. D'énergie, de raisons, de la vie encore entière devant soi. Nous avions franchi un col puis l'autre, il précisait de temps à autre qu'il était bien et qu'il ne songeait pas une seconde à m'embrasser.

Nous nous étions arrachés à la plaine, puis à la vallée. Le massif vosgien au soleil est très beau, les habitations y sont rares et dispersées, la montagne est douce au premier plan puis s'élève en une paroi protectrice et presque maternelle, au fond du tableau. Des champs de roches millénaires, bordés des plus anciennes forêts, dévalent vers les lacs, tandis que des chaumes presque chauves coiffent des sommets qui furent cultivés un jour, dans quelque nuit des temps.

Nous nous sommes garés sur un sentier forestier quelque part à mille deux cents mètres, allant après comme à la nage dans des bois denses et prenants. Vers le haut, entre les hêtres et les épicéas, foulant la mousse presque fluorescente qui par endroits tenait ensemble des pierres montées en murets par l'homme du dix-septième siècle. Des nappes d'eau claire faisaient des miroirs dans les chemins et le creux des souches, de petits champignons semaient sur la moquette émeraude des éclats roux, et même mauves. La beauté de ces endroits si connus, tant parcourus dans l'enfance me revenait intacte et évidente. Je n'oublie pas tout.

Gagnant les chaumes, écoutant crépiter sous nos pieds le gros sable de montagne propre aux arènes granitiques, je ne sentais plus ma peau d'ordinaire toujours trop sèche ou trop courte. Mes jambes velléitaires retrouvaient soudain la vraie cadence et j'emmenais une fille légère à elle-même. Laissant dans l'arrière ce corps de femme voyageant seule, lourd d'étapes et de questions sans réponse.

À commencer par pourquoi j'aime autant ces lieux que je hais ?

Question neuneu que j'aurais aimé soumettre à mon discret compagnon. Mais je craignais qu'il réponde parce que t'es une meuf, indifférent à l'énigme qui m'empoignait à mesure que nous gravissions. Les Hautes Vosges sont si belles que je pourrais vouloir y vivre et même projeter d'y mourir, et pourtant court dans leur sol un mercure qui m'attaque et me fait fuir hors d'elles. Pour rien. Puisque je fuis, ligotée, la peur avec moi.

— Arrête. Regarde en l'air, respire.

— Arrête quoi ?

Je me taisais depuis un moment.

— On dirait que tu vas pleurer.

Nous arrivions aux abords d'un chaume. Je reconnus à quelques dizaines de mètres devant nous cette trouée de ciel découpée comme un bout de dentelle entre les ramures de sapins. Je la traversai. Enfant, on prêtait une magie à ces portes naturelles, seuil d'un monde fabuleux.

En l'espèce une immense clairière ondulée où résistaient un ou deux arbres tordus par les vents. Le fabuleux tient du sol, véritable laine de pelouse sauvage qu'on appelle ici poil d'ours, fourrure où s'emmêlent des myrtilliers et des simples; le fabuleux tenait à l'odeur qu'exhalait ce tapis étendu au soleil. Dans les étés des années 1980, ma grande sœur et moi y plantions la tente de grosse toile orange et vert, transportant jusque-là les vingt kilos de piquets pour s'endormir en écoutant les bêtes invisibles et le matin voir le soleil en premier. Je n'ai pas souvent connu depuis de joies plus nettes que ces matins, je ne crois pas.

Je me couchai contre l'ours, puisque c'était le nom de cette terre dont j'aurais voulu me sentir fille mais dont je me tuais à être l'orpheline consentie. Éric s'assit à mes côtés, me prit la main.

— Pourquoi tu pleures ?

— Je souris.

— Tu voudrais rester.

— Je ne peux pas.

— C'était pas une question.

— Mais c'est vrai.

Et je lui dis avoir trouvé un appartement, mon emménagement imminent, et l'adieu en somme qui devra conclure cette balade.

— Tu emménages toute seule ?

Pas envie de lui raconter ça, non, Paris, ma fille en alternance et la vie divisée qui commence.

Raconter c'était déjà rendre les mondes dangereusement perméables. Et l'étanchéité entre ici et là-bas était depuis toujours l'indispensable garant de mon équilibre – disons de cette consistance quiète et lointaine que j'appelais équilibre, avant.

Mais j'ai souhaité à cet instant qu'il me serre dans ses bras comme un vrai amour, placide et éternel. J'aurais tant voulu savoir me souvenir de lui, je veux dire vraiment. Étaient-ils nombreux ces camarades remplacés par du blanc, dommages collatéraux d'un grand geste effaceur qui débordait en effaçant autre chose, je ne savais toujours pas quoi.

Nous avons repris la marche, rejoignant l'autre extrémité des hauts chaumes. Peu de phrases, des amandes, du chocolat, nos doigts plongeant dans le même sachet, lèvres tachées, à téter tour à tour la gourde pour deux d'eau bientôt tiède. Immense sensualité de vieux couple pour des amants ratés de la veille, tissée d'indifférence, de patience et d'attention.

— Arriver au col du Rothenbach et de là, par le GR, rejoindre les crêtes en direction d'un point culminant du massif vosgien, le Hohneck, 1 363 mètres, annonçait Éric mimant pour me faire rire la voix sans timbre d'une application de randonnée.

Le paysage se fit plus fort, moins joli que saisissant. Bientôt à notre droite, abrupt, tourmenté, aigu, glissa le versant est du Hohneck. Ligne du fossé d'effondrement rhénan né à l'ère tertiaire, séparant sur la carte les Vosges de l'Alsace, chantonnait Éric.

Nous étions sur le toit d'ici.

Devant nous, des pistes interminablement plissées, qui dégringolaient vers des lacs et des combes tapissées de tourbes, pour bondir dans le pli suivant, vers les cimes pelées. Que de dieux dans tout ça, murmurai-je par habitude inculte, tandis qu'Éric relatait la poussée volcanique originelle qu'on aurait pu apprendre ensemble à l'école, le soulèvement des Alpes. Géo-furie qui n'attendit pas la naissance des dieux pour faire le monde tel qu'il est, tenta-t-il d'élever le niveau.

Nous avions marché longtemps. En contrebas, la couleur chaude des forêts qui amortissaient la chute des montagnes virait. Le vert devenait gris et le marron violet, dans cette heure-là qu'on dit l'heure du loup. Petite, je pensais qu'il s'agissait du loup du conte, funeste à la chèvre de monsieur Seguin. Heure du premier assaut, heure des prédateurs. Le soleil rouge pâle descendait s'aveugler derrière le massif et tout pourrait désormais arriver.

Depuis toujours, 18 heures est un détroit dans mes journées, angoissant, pénible à passer.

— On redescend ?

La vallée, plus on la dévale, plus elle est inquiétante. Mille deux cents mètres plus bas l'inquiétude culmine à Bruyères, ville ouvrière. La folk dans l'autoradio n'y peut rien, ni l'odeur enveloppante du tabac.

Nous arrivons en ville.

Dans un instant encore l'hôtel, à quoi demain l'hôtel à Paris fera suite. Je m'en sens incapable. Je bute sur la fatigue. Je n'en peux plus, ça ne marche plus, l'hôtel à ce point, à cette heure. Je ne suis pas faite pour le clan des voyageant seules, pas autant.

– Madame est arrivée.

Ouvrir la portière, s'extraire de la voiture, revenir ramasser mon sac, tous mes gestes plombés par une supplique. Aux amis on ne dit pas baise-moi, on dit la vérité.

– Dors là. S'il te plaît.

Aimer non pas un corps, pas un amour, aimer plus élémentaire et plus fort parce que aimer un semblable sans l'attente d'aucune métamorphose, d'aucun serment mais le contraire : se jeter pour quelques heures dans le réconfort du même, silencieux. Aimer pour la peau, aimer parce que c'est humain, aimer pour une fois comme les animaux ne sauraient pas. Cela n'arrive qu'ainsi, n'arrive qu'à deux camarades coincés loin de chez soi entre la fatigue et l'abandon. Et tandis qu'Éric embrassait mes seins, mon sexe, en ronronnant dans sa gorge l'air de folk de la voiture, pas encore décidé à faire plus que réchauffer nos os grandis au même endroit, je lui promis de ne plus jamais l'oublier.

Il me fait l'amour, cet amour-là que font aussi les filles avec sa main en moi et qu'il devine que je cherche parce qu'il fait basculer ailleurs, défait nos formes et nos résistances apprises. Puis il révèle ce qu'il gardait dans sa tristesse la dernière fois. Ses lèvres soudain dévorantes, sa langue agile et pointue, puis ses deux mains et l'audace qu'il faut pour prendre une femme à ce point, et un sexe à venir profond, tenir la peur à bout portant, prétendre lui faire la peau.

Moi je ne donne rien ou peu, sinon l'accord, me laisser aller entièrement comme on s'endort, comme on partait ce matin en voiture dans l'étreinte qu'il menait déjà. Mes sens estompés par la molécule qui me fait dormir, manger et réfléchir mais pas jouir, mon cerveau sous commandement ne sait plus ordonner à mes nerfs une réponse à la hauteur de l'atteinte. Aucune importance. Mon condisciple ne semble pas avoir besoin de mes initiatives. Sûrement pense-t-il à quelqu'un d'autre, quelque perte que mon corps console, un autre amour plus adversaire qu'il tient enfin en serrant dans le noir ma taille et mon cou, et si oui, alors c'est bien. Je suis son amie, pas son destin.

Plus tard, après un bain, presque endormis dans le parfum daté d'un savon de Cologne et de la weed, je lui dis que rien d'autre ne m'avait menée ici que l'idée qu'il détenait pour moi un secret à dire ou à montrer.

— Et alors ?

Alors tant pis, ce n'était déjà pas si mal.

Et puis, quelques jours plus tard ou le lendemain je ne sais plus, je vais de la gare de l'Est au boulevard qui en prolonge l'esthétique ferroviaire. Démesure, bruits, murs des bâtiments noirs sur quarante mètres de haut, pas de trottoirs, parfum des déchets froids et marcher dans la gerbe. Les poubelles alignées entre les platanes subclaquants festonnent une piste dangereuse dont m'éjecte un cycliste sur un connasse ! si vibrant de haine que j'ai peur qu'il fasse demi-tour pour me renverser exprès. Parce que les biches l'énervent avec leurs petits airs, leurs petites fourrures. J'ai envie de pleurer comme une gosse. Ce n'est pas ça rentrer chez soi, qu'est-ce que j'ai fait.

Je parviens à pousser les quelques larmes que la vortioxétine laisse encore passer au travers du blindage de flegme synthétique. Je me souviens qu'elle est bleu foncé, la porte sur rue. La mienne. Si peu de marches, onze exactement, qu'il semble que l'on descend chez soi davantage qu'on y monte.

Je trouve le convecteur et l'appartement apparaît pour ce qu'il est, réaliste. Chez moi. Dans l'entrée s'entassent les cartons, ceux que j'ai laissés chez Blanche et qu'elle a eu la bonté de me livrer.

L'appartement répand des odeurs fantômes. Le parfum des autres, certaine crasse des sols en bois, la bouffe bricolée par le snack au rez-de-chaussée. De celui-ci l'évacuation semble arriver dans ma salle de bains, c'est dégueulasse et c'est bien fait pour ma gueule.

Chez moi, chez moi, chez moi, vais-je devoir me convaincre.

J'ouvre un carton puisqu'il s'agit de mettre un pied devant l'autre, le fouille, qui me crache dans les yeux les restes froids de mon départ. Dans une boîte, s'embrouillent des cahiers et une paire de gants, un mug à présent brisé, des étuis à lunettes, du thé en vrac. Dans un autre j'ai mélangé des livres et des produits de beauté. Archéologie de ma hâte et de mes ruines. Carton, carton, j'arrache furieusement les larges bandes d'adhésif, ça fait un bruit comme la douleur qui me rappelle ce que c'est censé faire, tout ça, aux corps à vif. Je me souviens de la violence de vivre avant les cachetons, encore un peu. Je pense à celles qui passent par là à sec, sans péridurale. Dans quel état on doit les retrouver au milieu de leurs affaires.

Le carton le plus cohérent contient uniquement des draps. Des mètres de métis brodé aux chiffres d'aïeules qui sont les miennes et dont en dehors de ces tissus trop lourds pour y tailler des rideaux, je n'ai rien. Ni toutes les lettres du prénom ni les visages en photo, encore moins les histoires. Certaines parures entretenues, aérées, blanchies par des générations d'épouses, ont passé cent ans. De ce linge qui me suit partout depuis ma première chambre en ville, peut-être depuis l'internat du lycée, Sirius disait en riant les linceuls, je disais gravement mes voiles.

Pour y dormir, je déplie l'un des plus anciens. Sur le lin festonné d'un point qu'on appelle jour de Venise, les initiales MD s'entourent d'une luxuriante broderie anglaise. Mais ce n'est pas moi. C'est l'ouvrage d'une autre qu'on allait marier, l'une des Marie, des Madeleine ou des Marguerite qui s'exerçaient en cousant à la plus impeccable lenteur. À cette folle patience qu'il leur fallait pour tuer le temps avant l'invention de leurs droits. Ce soir, à faire ainsi mon lit dans les plis démodés de leur courage, je trouve une joie courte mais vraie.

Deux jours durant j'aménage les lieux car Lou va venir. Je sais me débrouiller. Je sais fixer une étagère dans du BA13, je possède les chevilles qui vont bien et une perceuse. J'apprends à tapisser. Je ne sais pas fixer un lustre. On m'a livré ma table de cuisine, quatre-vingts kilos, les pieds sont en métal, le transporteur n'est pas payé pour la monter, il dit votre copain, votre voisin. Il faudrait pour commencer appeler un gars.

Avec la vie au premier étage, je fais l'expérience du contraire des forêts. Le bruit est constant et les odeurs de cuisson du restaurant sur rue se désistent une fois par jour pour que s'impose celle du camion de la Propreté de Paris. Mais je continue, je tapisse la chambre de Lou en vert et doré, revêts le sol de sisal, trouve sur un site de seconde main une tête de lit en bambou et chez Maisons du Monde le rondin de pin qui fera office de chevet. Tout en bois, tout en vert. La forêt protège, les filles de la biche y dorment à couvert et même la harde ne les trouve pas si elles veulent.

Je vais racheter de la colle et des chevilles, chez Leroy Merlin je m'excite un peu au rayon outillage, puis menuiserie, puis éclairage. J'approche enfin l'indépendance dans sa conception la plus rudimentaire, telle qu'assembler soi-même les éléments d'un lustre, choisir la taille du cordon et la couleur de la douille. Le fil dans une main et l'interrupteur dans l'autre je me vois déjà demain matin savoir soudain quoi en faire et fiat lux.

Et j'exécute ces gestes bourrins sans fatigue, une force de centaure dans les bras et les hanches car voici une semaine, Zaccaria a modifié ma prescription, augmentant le traitement. Je pourrais tapisser toutes les pièces. J'ai bientôt un canapé et des rideaux mais l'élément central, la table pour manger dessus et inviter autour, est toujours au rez-de-chaussée. J'appelle enfin un gars via une application de troc qui relie les voisins. Les voici dans l'entrée, l'homme et bientôt le meuble, l'un accomplissant en suant sous la charge de l'autre une certaine idée de sa vocation biologique. En échange, je lui prête la perceuse qu'il me rapportera dans trois jours et ce sera plaisant car il est aimable et drôle, le tout dans une transaction agrémentée de tasses de café, qui pourrait, avec beaucoup de bonne volonté, constituer le début d'une allègre comédie pour la télévision.

Cette ambiance d'efforts profonds et de travaux simples aurait pu bénéficier au souvenir immédiat d'Éric, le densifier. Mais son image subissait une singulière corrosion qui d'après Blanche était connue, voire théorisée. Le syndrome du prof de ski, observé en ville au retour des séjours de sports d'hiver depuis l'invention des congés payés, signalait la brutale perte d'attrait que subissait un amant affolant mais rustique dès lors qu'on observait ses charmes depuis Paris. L'érotique du saisonnier de l'ESF ne fonctionnait qu'en rouge sur fond blanc, sa séduction ne franchissait que très rarement la station et n'avait, de mémoire de snob, jamais passé la gare de Lyon. J'imaginais tout de même chez moi un phénomène psychologique plus ramifié, au cours duquel Éric aurait assumé une fonction de guide vers le refoulé vosgien, qui se serait épuisé une fois le refoulé revenu. Mais rien du reste n'était franchement revenu alors que la pensée d'Éric ne m'arrachait même pas un soupir. J'oubliais la montagne et ses animations et, chargée à vingt milligrammes de vortioxétine, il fallait désormais du lourd pour empoigner mon cœur.

Encore un jour et j'ai des chaises, je fixe des machins aux murs, commande sur un site un nombre déraisonnable d'impressions de photos extraites de mon smartphone, au format 8×11, surtout des gens qui sourient, des bords de mer. Elles constellent un mur entier et attesteront que je bénéficie d'un entourage, que j'ai eu avant une autre vie que mes choix. Je découpe une étiquette, j'écris mon nom, je la fixe sous la sonnette. Je l'enlève, j'ajoute en bas le nom de Lou, qui est celui de Sirius. Je fais du thé pour que la vapeur gagne la cuisine.

Cela se passe bien je crois.

Je m'assois sur l'unique fauteuil, je me détends, prête à recevoir ce que j'ai payé un prix délirant. La liberté et l'insouciance.

Mais l'envie de foutre le camp, laisser quelqu'un envahir ici à ma place, et moi ne jamais revenir, m'assomme comme si c'était dans le plafond. Quelque chose qui attendait que je m'immobilise afin de ne pas me rater.

Blanche alertée par un sens secret, plus vieux que n'importe quoi, frappe à ce moment-là et pour la première fois ne me contredit pas. Oui c'est dur Michelle, oui c'est au premier sur rue, oui ça pue mais à force d'aérer, tu vas voir. Et qui a dit, Michelle, que ce serait facile. Mais cet endroit, je l'ai bien arrangé, la console est très bien par exemple, enfin c'est la même. Dans l'ensemble la copie est selon Blanche assez parfaite pour que j'y sois bien. Il est important de produire le maximum de repères et pour cela bravo. Petite réserve quant aux deux noms sur la porte, excédentaires.

La copie, quelle copie.

La copie de l'appartement d'avant.

Les mêmes couleurs, les mêmes meubles en moins cher, la même synthèse vaguement scandinave d'éléments courts sur pattes et de textiles naturels. Cette idée générale de l'harmonie entre ordre et foutoir que Sirius et moi appelions, toujours d'accord, le goût.

Évidemment. La machine à reproduire façonne aussi du fantôme en 3D. Je regarde autour de moi. J'étais fière, je suis écœurée. Tous ces efforts pour un plagiat.

Lou sera là bientôt. Blanche s'est intéressée à nos projets pour le soir. Eh bien, je n'ai pas toute ma vaisselle mais je souhaitais bricoler un truc à bouffer dans des assiettes jetables et inviter des gens. Qui, je ne sais, qui veut, autour de Lou et moi, par exemple son père, tiens. À sa place j'aimerais savoir où ma fille dormira à mi-temps.

Mais Sirius n'est venu que devant la porte sur rue, pas plus, retenir des commentaires qui m'auraient achevée. Il a tourné les talons, j'ai emmené Lou en haut. Elle m'a dit que ça ne l'était pas assez. Pas assez haut. En ville comme en forêt il convient de vivre en hauteur c'est vrai, il en va des immeubles comme des arbres. Qui t'as appris cela mon enfant. Elle a dit c'est toi.

Dans l'intervalle Amazon a livré les matelas, conditionnés roulés, et Lou s'enchante qu'ils fassent la taille d'un pied de parasol. Elle aperçoit le portrait d'elle à Ploumanac'h, s'emporte : le cadre du piano, papa est fâché que tu l'aies pris. Sur la photo elle porte des flotteurs et la combinaison anti-UV qui n'est plus du tout à sa taille, observe-t-elle pour dire qu'elle a grandi d'un coup en arrivant ici.

— Tu viens voir ta chambre ?
— Parce qu'on va rester ici ?

Sa chambre, Lou ne l'aime pas. Je m'écrase, qu'importe je la prendrai. À moi la tapisserie à motifs verts, les trucs en rotin, les rideaux vert sombre sur le placard sans porte, la forêt à devenir dingue. Lou me laisse habiter mon propre univers mental, où les biches affolées savent qu'on peut les ouvrir en deux, prendre leur cœur de boucherie pour remplacer celui des princesses. Ce n'est pas une pièce pour les enfants, évidemment.

Nous avons dîné toutes les trois, une chose dégelée à base d'aubergines. J'ai beaucoup parlé, programmé à voix haute des fêtes à notre adresse et des soirées pyjama, demandant à Lou qui de ses camarades elle souhaiterait inviter en premier, et qui en deuxième, qui en troisième. Elle n'était pas certaine d'avoir envie de faire venir quelqu'un. Nous avons ensuite mangé des glaces. Nous étions vraisemblables mais pas naturelles. Blanche a joué le jeu autant qu'elle a pu mais joué.

Le lendemain, Lou dormait encore quand j'ai reçu l'alerte me rappelant mon rendez-vous de « contrôle », à la suite de l'augmentation du dosage de vortioxétine. Et merde.

Que faire de Lou ?

Je ne peux pas appeler Sirius et Blanche a un rendez-vous. J'ai appelé des gens, puis d'autres, avec l'impression de tourner sur un parking un jour de marché, cherchant une improbable place vacante. Je n'ai jamais eu à garer Lou quelque part, comme ça, comme une bagnole, sensation nouvelle et dégueulasse. Puis Blanche a annulé son truc, est revenue chez moi exercer son amour, son rire, avec des pains au chocolat et des coloriages, m'embrassant, me pressant. Allez dégage je gère, hein Lou, on gère.

Comme si l'on pouvait à nouveau parler cette langue et que tout déjà redevenait solide.

— Alors ?
— Merci. Alors à vous aussi.
— Vous semblez contrariée ?

Oui le rendez-vous oublié, la précipitation, je n'ai pas su m'organiser, j'ai dû laisser Lou elle ne devrait pas rester seule.

— Lou est seule ?
— Non elle est avec une amie mais.
— Ah. Donc de quel enfant parle-t-on ?
— Y en a un autre ?
— Je ne sais pas. Quel enfant ne doit pas rester seul ?

J'avais oublié ce sourire, à l'est.

— Quel enfant ? reprend-il.

Ce n'est pas le sujet, quel enfant.

— J'ai une grande nouvelle, docteur. Un appartement.
— Mes condoléances. De qui ?

J'avais prononcé enterrement, je suis dyslexique en effet. Une façon rapide de faire refouler des choses enfouies en surface quand le temps presse. Un peu comme à la tractopelle.

— Et on enterre quoi avec cet appartement ? enchaîne mon thérapeute, visiblement heureux.

Il doit penser ça sent la grande séance, on va se marrer.

Je dirai après quelques rotations sur le siège à roulettes qu'on enterre une idée. La famille. La famille comme religion. Et fatalement moi avec puisque l'idée fait corps avec la bête.

La famille, j'y crois absolument et absolument sans preuves, je l'idéalise sur la base d'un récit fondateur que je n'ai jamais lu, que personne n'a lu, qui se passe de toute façon d'oralité tant il est puissant, qui pourrait même se passer de mise en scène si les idolâtres n'en réclamaient pas tant. La famille. Un mythe raconté depuis la nuit des hommes, qui circulait déjà certainement chez les singes qui nous ont tout appris du groupe et du soin. Puis la parole s'est répétée dans les déserts où les familles prennent racine même sans eau, engendrent des villes, tiennent le coup pour la seule raison qu'elles le sont : familles. Le mythe s'est répercuté dans les royaumes, où dirigent des familles que d'autres familles servent. La famille a démontré sa puissance dans la protection fanatique du crime pour que survive, contre le droit, contre la vie, l'idée que l'on s'en fait. La famille a ressassé sa logique implacable (inclusion des siens et exclusion des leurs) à grands coups de petites maisons dans les prairies et d'histoires de pionniers, de mafia. Car la famille est au-dessus de tout. La famille engendre l'histoire de l'humanité et la tient par le col. Partant, la vie de famille est l'application assidue du mythe, sa transposition dans des heures, des appartements, des repas. D'autant plus acharnée que d'autres ont réussi, paraît-il, d'autres réussissent.

Et moi d'être à côté du tableau, je crois docteur que je ne m'en remets pas.

Je tournerai encore plusieurs fois sur le siège, comme s'il était là pour ça, Zaccaria, me regarder tourner. Il veut parler mais je le prends de court. Je paie pour m'écouter.

Et pourtant au fond, la famille, j'ignore ce que c'est. Mes joies se poursuivent depuis toujours dans ses marges. Enfant, mes joies familiales sont ces liens exclusifs noués en elle, autour d'elle. Mais pas *avec* elle. Des affinités farouches, égoïstes contre sa tyrannie de la cohésion. Élire un cousin, choisir une sœur parmi des étrangères et n'aimer qu'une seule tante. Enfant, la vie de famille ne devenait donc vie que dans la dissidence, l'abandon d'un concept qui ne s'incarnait qu'à table. Là où on ne met pas ses coudes, on se tait, on termine son assiette quoi qu'elle contienne, on ne rajoute pas autant de sel. Là où l'on demande la permission pour se lever, et partir.

Plus tard et adulte, mes joies en famille reposent encore sur la faveur de l'unique contre le nombre, les tête-à-tête avec l'enfant ; sur ce qui la dérange et l'envahit, les gens, les pièces rapportées, les gosses des autres. Sur l'instant de pur bonheur que sont les retrouvailles avec son clan après l'absence. Pouvoir la quitter, savoir qu'elle vous attend, le savoir tant qu'on l'oublie, et revenir.

Alors.

Alors d'avec la famille, je me suis séparée d'une vraie joie et cette joie venait, depuis toujours, de pouvoir la défier.

Je n'ai plus rien à défier, plus personne ne m'attend tandis que je voyage sur place et je manque à tout, je manque tout. Je voudrais savoir comment font les autres, si l'on traîne ce deuil toute sa vie. Toute sa vie à s'accuser d'un meurtre.

— Quand il y a un meurtre, il y a un cadavre, et un meurtrier. Dans votre affaire, il n'y en a pas.

— Si. Parfois on ne le trouve pas.

— Le cadavre ?

— Le meurtrier.

— De quoi parle-t-on madame Darras ?

Il y eut un instant que j'échouerai à décrire, c'est sûr, car tout n'est pas fait pour le langage, son agression. De temps à autre le plus grand prédateur connu lui aussi s'arrête, parfois des minutes entières de nos vies en réchappent. Certaines choses arrivent que les mots ratent complètement, ils peuvent toujours courir, c'est déjà terminé. Disons qu'Ariel m'observait avec une certaine attention, inqualifiable sinon comme ça : précieuse. Il y eut un silence. Je crois qu'à cet instant quelque chose est arrivé dans son regard. C'était quelque chose qui m'arrivait à moi et qui était bon. Et l'instant d'après c'était fini.

Et il m'a dit chèque ou espèces parce qu'il n'y a pas trente-six manières de s'en sortir. J'ai proposé de revenir demain.

ARIEL

Quand il n'est pas assis, Ariel marche. Pas forcément vers un but mais toujours avec une pensée après lui qu'il essaie ainsi de semer. Exceptionnellement, ce matin, passant le pont Notre-Dame puis le Petit Pont-Lustiger, Ariel marche sans idée derrière la tête vers une adresse bien connue, trimestriellement fréquentée, le 118, boulevard Saint-Michel, où vit Paul S. Vateau, son superviseur. Dans quelques minutes le professeur lui servira des fruits secs et du thé fumé, enchaînant avec son alors à peine articulé, presque ronronné.

C'est en effet de lui qu'Ariel tient cet alors introductif, idéale ouverture de séance qui n'influence pas la réponse, n'invite à rien sinon à l'ouvrir – l'équivalent phatique d'un allô. Au début de sa pratique, Ariel usait du racontez-moi qui lui paraissait bien, puis lui était apparu après quelques mois dans toute sa nocivité. Racontez-moi autorise la mise en récit, donc les effets, donc la création, donc la déformation et voilà, il faut tout jeter. Quand il songeait parfois à ce racontez-moi tellement godiche, aux pauvres patients qu'il avait ainsi baladés dans les figures de style, les cliffhangers et les détails météorologiques indispensables aux bonnes histoires, Ariel en avait des sueurs.

— Alors…

Entamait donc Vateau, devant lui un thé fumant et une jatte de noisettes. Ce qui ne se fait absolument pas ailleurs, bouffer pendant un contrôle. Et alors.

S'ensuit l'habituel inventaire des trucs qui ont cloché dans la semaine. Ariel évoque avec gravité quelques peccadilles que Vateau sait prendre pour telles. Il a pour chacune ce geste de la main droite, comme il balaierait un nuisible voletant à proximité de son auriculaire, signifiant qu'on peut passer là-dessus, le fait intéressant, s'il existe, est plus loin. Et bientôt Ariel évoque le cas Darras, à propos de quoi son article n'avance pas. Vateau conserve sa main sur l'accoudoir du fauteuil.

— Qu'est-ce qui te préoccupe avec ce cas ?

Oui, Paul Vateau le tutoie, il fut voici huit ans son professeur à la Sorbonne, en charge du cours magistral « Formes contemporaines de la psychopathologie ». Un jour, un élève du programme Erasmus avait levé la main et dans un français étonnamment littéraire lui avait demandé si l'accent étranger d'un thérapeute pouvait influencer le patient, par exemple l'accent italien avec tout ce qu'il charrie en France, ce qu'il aimante manifestement de névroses, à ce que le charmant élève pouvait en juger depuis deux mois qu'il était à Paris. C'était Ariele Zaccaria, sujet de thèse « Le moi-peau ou l'invention du fils », qui ne comptait pas faire demi-tour. Plutôt crever que s'installer en Italie.

Ce qui le préoccupe serait bien peu dire. Ariel est très inquiet. Il expose le mouvement de sa patiente, de Paris à Épinal, le choc d'une récente séparation, qui la renvoie évidemment à une autre séparation, d'avec la terre natale en l'occurrence. Il dit le contrecoup violent chez cette patiente, l'ordonnance, son séjour dans l'Est dont elle lui revient plus sombre, toujours plus attachée au tragique, comme si la tragédie recelait des ressources vitales. Habituellement la vortioxétine vous sort de là mais elle, Darras, non.

— Elle ne progresse pas ? soulève Vateau.

Elle piétine. Il semble toujours qu'elle soit sur le point d'atteindre la plus dormante mémoire, mais alors intervient le bête et méchant souvenir-écran – en l'espèce une tempête vécue comme apocalyptique en 1984.

— La tempête bibliquement c'est la fin du monde, commente Vateau car c'est vrai, c'est une explication.

Oui, oui, évacue Ariel qui n'est pas là pour réviser. En attendant l'écran du souvenir est incroyablement waterproof. Et l'image inhibée, le vestige d'une catastrophe supérieure, elle ne l'atteint jamais.

— Et alors ? varie Vateau sur sa propre partition. Ça prend le temps que ça prend, après tout. Non ?

Et alors Ariel ne dort plus à l'idée qu'elle y retourne.

— Dans l'Est ?

Dans l'Est ou dans sa vie d'avant ou dans davantage de nuit, c'est confus. Mais il pressent un danger. Et avant que Vateau lui rappelle le statut du pressentiment, à savoir aucun, Ariel précise qu'il le sait, merci. Mais il est obligé de creuser, son meilleur article en dépend. Ce pressentiment ne fait qu'amplifier l'émotion qui précède, la culpabilité, car c'est lui au départ qui l'avait poussée à ce retour.

— Ce retour ?

Oui, un retour dans sa demi-montagne natale, lugubrement frontalière de l'Allemagne ou presque, alors qu'elle freinait des quatre fers selon son expression même, à la patiente, très portée par ailleurs sur la métaphore animalière. Il va se passer quelque chose. Se mal passer quelque chose.

— En effet tu es confus, admet Vateau. Tu écris des articles toi maintenant ?

Vateau choisit de digresser sur cette histoire d'article. Il raconte en touillant la tasse de thé une anecdote à propos d'un auteur américain, un certain Philip Roth qui un jour découvre un article à son propos signé de son propre analyste, Klein. Il conte en riant l'effroi de Roth, notoirement restitué dans un livre, *Portnoy et son complexe*, avec un Klein rebaptisé Spielvogel, traduction littérale l'oiseau de jeu. Et comme ça, de référence en plaisanterie, Vateau suggère que cette jeune femme est peut-être un oiseau qu'Ariel voudrait mettre en cage mais qui lui échappe, à l'Est ou ailleurs. Et comme Ariel, regard au plafond, étudie l'analogie, Vateau rigole, balaie un insecte imaginaire et cite Lacan.

— Mais ce n'est pas ça.

Vateau se renseigne sur les Vosges. On dit que c'est beau contre toute idée reçue, minéral et forestier mais creusé de vallées jadis industrielles, pas facile à vivre on suppose, pas follement attractives sur le plan sociodémographique comme on en trouve dans toutes les régions d'Europe de l'Ouest, surtout au Nord-Est. N'est-ce pas.

Et Ariel le voit venir, établir entre les lignes une comparaison épaisse, bien voyante, entre les Vosges natales de Michelle Darras et son Frioul d'origine à lui. Terre de massifs, de bois et d'usines à bois qui tournent à tout petit régime, région comme toutes ces régions-là, où tout se démesure. La fierté d'en être se démesure dans les peines et alors on reste, les rêves se démesurent dans l'angoisse et alors on se casse. Au demeurant, ça a pu changer. Ariel n'a jamais revu le Frioul après avoir enterré sa mère au cimetière de Pordenone.

Vateau laisse l'ancien élève en plan, quelque part dans sa géographie. Il effectue un aller-retour à la cuisine, histoire de refaire bouillir de l'eau et allonger le thé.

— Vous croyez ? souffle le jeune, assommé par ce qu'il entrevoit.
— Quoi donc ? se rassoit l'aîné.

Vous croyez qu'Ariel se serait égaré dans un principe d'identification, un classique machin en miroir où lui se verrait dans sa patiente ? Il n'aurait tant insisté pour envoyer le cas Darras dans la forêt sur les traces de son effroi que pour exécuter le même effort par procuration ? Et donc trouver un moyen supplémentaire d'éviter pour lui-même la médecine du retour ? Tout en se renseignant à distance sur ses risques et bénéfices. Intérieurement, Ariel se passe un de ces savons. Ça se prend pour un cador, c'est tout juste bon à piger à *Psychologies Magazine*. Il utilise Michelle, point. Il squatte la cure au lieu de la diriger, bravo. Il a décidément beaucoup à apprendre. Mais il va pouvoir, à présent qu'il en est conscient, cesser de se torturer.
— On est d'accord, c'est ça ? s'emballait Ariel.
— Aucune idée… murmurait le professeur avec une grande autorité.

Ariel va partir, il est à la porte, la séance de contrôle est terminée, Paul S. Vateau n'en propose pas de nouvelle mais il est comme ça. On ne sait jamais si on va le revoir, d'ailleurs il dit adieu pour dire au revoir. Au revoir tranquillise, adieu oblige à réfléchir et finalement c'est le but de ces gens-là.

Mais Paul a constaté avec quel empressement Ariel s'est jeté sur son téléphone à peine levé, alors que l'instant d'avant il demandait des nouvelles de Mme Vateau et que Paul courtoisement lui en donnait mais bon, dans le vide. Ariel l'a habitué à de meilleures manières. Du fauteuil à la porte et de la porte au palier, Ariel aura consulté cinq fois l'appareil, si bien que Vateau se décide à lever un sourcil et Ariel embarrassé s'explique. Il pensait avoir des nouvelles de la patiente.

— La patiente ? relèvera Vateau pour la forme qui est aussi le fond.

— Cette patiente, s'enfoncera Ariel.

Il n'a pas reçu de nouvelles de sa part depuis trois jours après qu'elle a annulé un rendez-vous, alors qu'elle a l'habitude d'en donner, y compris d'intempestives. Il espérait en avoir reçu dans l'intervalle et.

— Et je vois, l'interrompt son aîné. Tu attends.

Et maintenant la séance est terminée puisque tout est dit.

Vendredi fin de l'école, vendredi saint, jour des Cendres, vendredi jour de l'exécution des condamnés dans la Rome antique, vendredi 13 jour de loterie, jour de massacre, vendredi jour du poisson, vendredi nom commun, de Frjádagr, déesse, d'après Freyja, femme d'Odin, dieu, vendredi jour de Sirius qui reprend sa fille, vendredi début des jours consacrés à attendre le vendredi suivant. À chercher en quoi ça valait le coup de s'arracher pour vivre comme ça.

Vendredi Lou dispose certains objets dans l'appartement. Une figurine qu'elle pose en équilibre sur le tranchant d'une chaise, telle pièce de Lego entre les bras d'un ours, des perles sur son lit, des crayons coincés entre les tiroirs de la commode : si on les ouvre, les crayons tombent. Des feuilles au sol qui s'envoleront si quelqu'un pousse la porte. Elle me signale tous ces pièges qui ne sont pas pour moi. Si un étranger entre ici durant son absence ou la mienne, elle le saura.

J'ai écrit à Ariel à propos des TOC des enfants de couples séparés, décrit la mise en scène, entre protosystème d'alarme et sanctuarisation. Dois-je m'en vouloir, m'inquiéter, voir un sien confrère ? J'attends encore qu'il me réponde calmez-vous.

Ce vendredi j'écris à Sirius. Lou est perturbée à l'idée de quitter son nouvel environnement, peut-être dois-je la garder davantage auprès de moi, le temps qu'elle s'invente ici des rituels, trouve des coins. Je parle d'elle comme d'un chaton. Il ne répond pas. Lou rassemble des peluches dans un sac en toile, un chien et une poule.

Des rituels, elle en a plein ici, m'écrit enfin Sirius, rappelant l'heure. Nous devrions être prêtes, je dois déposer Lou à midi.

Ensuite ce sera samedi et les jours d'après, pleins de moi toute seule ici. Je vais ranger d'abord, ranger fournit deux impressions vitales et illusoires. Vitalement illusoires. Le sentiment d'appartenance physique et utile à l'environnement déclaré sien et par extension au monde ; le sentiment de pouvoir modifier l'ordre irrévocable des choses. L'impression étant faible et de très courte durée, je vais sortir pour en fuir l'échec. Je verrai alors des gens inconnus avec qui éventuellement travailler. J'accepterai une fois sur deux de rédiger une bouse, l'art n'étant temporairement plus la question. Je sors pour trouver de l'argent. Je verrai des amis. À présent que je ne pleure plus, tranquillisés, les amis m'interrogeront brutalement sur ce qu'il est convenu d'appeler ma nouvelle vie. Le célibat est-il propice à la création, à quelles sulfureuses libertés ? Fais-nous rêver. Je ne dirai pas la vérité puisque la vérité je m'en protège. La création tu parles. Sachez que la chambre à soi, dès lors qu'elle n'est pas une pièce à l'étage d'une maison victorienne où des gens vous entendent y marcher, est un trou. Le célibat, parlons-en, bénéficie à la plus regrettable version de moi-même. Je suis du clan de celles qui regardent la télévision en mangeant du pain avec des saloperies en ta, tapenade, tarama, tahini, tartinables et mous, les pas marrantes qui comptent les jours avant de voir la gosse et moi c'est compter péniblement jusqu'à six.

Je ne sais pas, toujours pas, m'isoler longtemps de la harde, comme si pour bien respirer je devais sentir ou deviner autour des souffles chauds. Même chasseurs, même chiens, tant pis. Je prendrai rendez-vous avec mon thérapeute. Ariel diagnostiquera un progrès mais je sentirai qu'il veut surtout me faire plaisir. Blanche, elle, ne s'affolera pas. Craignant simplement que dans ce vide j'adopte un chat, elle me dira trouve un mec pour de bon, tu sors au moins ? Oui, eh bien sors plus.

Ce que cela dessine se nomme l'errance.

Ce vendredi je serai en retard chez Sirius. Je compte les minutes à contempler Lou sur le départ, me prépare à fermer les yeux sur le vide qu'elle laissera, suppose ce que je pourrai faire de mon samedi. Et ce faisant je me répète quelle vie de merde, Seigneur.

Puis j'étudie mentalement les motifs qui justifieraient d'obtenir la garde exclusive de Lou sans me rendre coupable de priver une fille de son père et réciproquement. Le déménagement de Sirius au bout du monde, par exemple, me semble une solution idéale, dans un pays agréable évidemment, je ne lui veux pas de mal. Dans cette vie donc de merde, imaginer le déménagement de Sirius m'occupe des heures, comme devraient m'occuper les hommes nouveaux et les idées, à mon âge et au cœur de cette putain de liberté, dans ce corps vif, aimable. Mais la vortioxétine a gagné tout le territoire. Je ne sens rien. Sinon une forme docile du manque et de l'attente, toutes griffes rentrées.

— Lou, mets tes chaussures, on y va.

La déposer selon l'expression empruntée à la vie des paquets et des bombes, la déposer et m'enfuir, cette pauvre torture qui tentait de devenir un rite depuis des mois, fut impossible ce jour-là.

J'étais debout, classiquement essoufflée, sur les lèvres des phrases rustiques et éperdues. Elle tousse un peu, elle a des vitamines dans le sac, et en m'entendant j'entendais la supplique, et lui, en face, l'entendait aussi qui répondait ne t'en fais pas, on n'a pas prévu de sortir et détournait les yeux, main sur la poignée.

L'enfant avait été aussitôt avalé par l'appartement de Sirius et les jeux qu'elle avait là, laissant entre mes bras, en creux, ma moitié d'elle qui reprendrait chair vendredi prochain.

— C'était bien dans les Vosges ?

— Oui.

Tant de femmes pourtant dans ce siècle, dans cette ville, se tenaient ainsi sur des paillassons et tenaient bon. Tant de femmes, tant d'hommes, l'estomac retourné, dévalaient l'escalier en courant presque, entraînés à ne pas faire durer et rejoignaient vite autre chose, un amour, un travail, n'importe quoi mais un endroit sûr de leur vie recousue.

— Je ne t'offre pas un café ?

Si, j'aimerais bien, du café. Voir quelles tasses ont remplacé le vieux service en Limoges que j'avais chiné en ligne et cassé en partant, boire dedans, parler des gens vus là-bas. Rire d'Éric, de son hypermnésie de prénoms des années 1990, de ces types-là, pensionnaires à jamais du lycée ou de la fac comme on l'est d'une boucle temporelle, taire nos amours hôteliers. Sirius saurait alors quoi dire de drôle et de distant, on rirait donc et, remise en place, je pourrais filer à bonne distance. Parce que rire éloigne, en vérité, l'humour c'est la tête et la défense. Nous avons tous les deux l'humour énorme.

Puisque je ne bougeais pas et qu'il n'allait tout de même pas me claquer la porte au visage, il a lâché la poignée et dans son regard arriva d'abord une question simple. Tu entres ou tu sors ? Puis j'en vis arriver d'autres, des questions inquiètes, orageuses, troublées.

Et moi, tout en l'observant serré dans ces nouvelles fringues de quinquagénaire à prendre, je songeais à lui, à ce que je savais de ses dons. Avec une sorte d'amour dolent, un besoin de toucher du flanc et du mufle, un besoin de suivre et de se fier, qui renaissait d'un lointain souvenir. Aussi lointain que notre rencontre.

Je me surprenais pénétrée d'une sagesse inattendue mais ce n'était qu'elle encore qui parlait, la peur, logée dans les reins, qui fait aussi bien courir que s'arrêter.

— Un café ou autre chose. T'as faim ?

Alors, au flux de regret pur qui sourdait sous moi comme une rivière, j'ai confié mes pas.

ARIEL

Ariel parle. Il ne s'arrête plus tandis que Paul Vateau l'entend. Et l'attention de l'un qui s'appelle le soin inonde l'autre d'une gratitude qui ressemble à des sentiments. À quel nom ce phénomène réciproque répond, sinon amour, conclut en lui-même Ariel qui n'a pas plus envie de se torturer. C'est comme ça. C'est comme ça avec le cas Darras, sauf que c'est une femme et qu'il y pense sans arrêt.

Paul l'a déjà reçu quelques jours plus tôt, quelque part sur la fin d'un trajet intérieur, pas encore tout à fait au terme. Le terme dans ses deux sens, conclusion et mot. Le terme c'est maintenant et le mot c'est celui qu'Ariel hésite à prononcer à voix haute. Tandis que Paul Vateau prononce l'autre mot : pulsion. Pulsion du soignant vers le soigné, vu et revu. Puis comme à regret de devoir proférer tant d'évidences, transfert et contre-transfert.

Paul Vateau connaît mille histoires de pulsion et contre-transfert, propres à faire redescendre vite fait Ariel dans la discipline et ses rigueurs. La patiente s'adresse à lui comme à une fonction, pas à un homme. Tu es un numéro de téléphone Ariele, une souche d'ordonnance, une adresse, une voix, ce que tu veux mais tu n'es pas un homme. Il dit même à son ex-élève, bon Dieu pas toi. Réveille-toi.

Ariel est parfaitement lucide, ça va. Lucidement, il pense qu'à chaque fois qu'une femme s'adresse à un homme depuis les temps préhistoriques, elle s'adresse de toute façon à une fonction. Alors.

Bientôt Ariel prétend tout arrêter avec Michelle. La dernière séance était insupportable.

— Pour qui ? affecte d'ignorer le superviseur. Pour lui. Elle était consacrée au retour de Michelle, son retour chez elle, dans sa vie d'avant, l'homme d'avant.

— D'avant toi oui, ponctuait Vateau.

Voilà. Rétropédalage qui précisément l'annulait. Et Michelle, pas gênée, qui entendait qu'Ariel la rassure quant à l'opportunité d'une décision qu'elle avait déjà prise, qui voulait désormais, grâce à sa médecine, apprendre à revenir. Et lui Ariel, ne pouvant supporter un mot de plus, qui avait salement écourté la dernière séance avec elle en racontant des salades, s'être gouré dans la prise de rendez-vous. Il en était là.

Le superviseur en oublie d'allonger le thé et voudrait voir Ariel s'accrocher aux branches. Une cure c'est bel et bien comme un couple, formule à dessein ce diable de Vateau, on ne l'interrompt pas dès la première crise. Il y a des réactions requises, des choses à faire et ne pas faire. Il y a l'infinie patience qu'on doit au sacerdoce de soigner. Ce problème de sentiments n'est que le tien, débrouille-toi pour continuer à l'écouter sans la charger de tes soucis ô combien ordinaires de positionnement. Paul aimerait qu'Ariel lui certifie avoir compris. Le soin c'est l'amour allez d'accord. Mais l'amour n'est pas la finalité du soin, est-ce bien entendu ?

Ariel a entendu.

La vie reprit avec Sirius, non telle que je l'avais laissée mais la reproduisant, pas tout à fait fidèlement. Nous faisions très attention à ne rien dire ou faire qui rappelle l'arrachement dont nous venions et qui nous avait conduits à devoir recoudre.

Pour cacher la couture, nos efforts tacites consistaient à retrouver les habitudes, les réflexes et les restaurants d'avant, les positions de chacun sur le canapé. Tâcher de reprendre les séries télévisées dont nous avions manqué une saison. S'efforcer de comprendre le climax sans l'avoir vu venir. C'est qui celle-là et pourquoi l'autre n'était pas mort en saison 1, nous offrait en creux de quoi parler de nous.

Je n'étais ni sereine ni heureuse, mais mon traitement aidait tout mon être, nerfs, visage, cœur, à copier la quiétude qu'on pouvait attendre de moi. Normaliser l'anormal, cet art de filles, redevenait ma discipline, mon don. Lui, c'est un homme, c'était encore autre chose : il prenait sur lui.

Au titre des infimes variations, j'emmenais désormais Lou à l'école tandis que Sirius se défoulait sur des sacs, soudainement détenteur d'un abonnement au *boxing club*. Il avait remercié la nounou puisque j'en reprenais dans l'ensemble les horaires et l'ouvrage, souhaitant me consacrer disais-je à ma fille, tandis que le travail, le mien, écrire, trop égoïste et trop dangereux pour ces temps diplomatiques, attendrait.

Sirius s'occupait des plantes, des lessives, des factures ; je m'occupais des courses et des devoirs. À nouveau comme des enfants, après l'effroi, nous vivions du calme retrouvé à respecter d'anciennes consignes.

Dans son allure aussi Sirius s'appliquait à faire mieux. Il avait minci et la boxe gainait sa silhouette, relevait sa tenue ; il soignait une courte barbe comme avant ses rosiers, trop. Il s'offrait des tennis, des blousons, de ces petites chemises légèrement cintrées dont il riait quand il les surprenait chez les autres et surtout quand je souhaitais jadis qu'il les essaie. On découvrait que pour être beau, il savait s'y prendre. Son désir pour moi s'était fait rare, furtif. Je l'avais sucé une fois, un peu ivre et tandis qu'après il ne songeait pas à m'étreindre, j'avais pensé à voix haute que tout irait de mieux en mieux, avec le temps. Il avait répondu quelque chose de mordant, à la fois triste et drôle. J'avais l'habitude. Sirius dépensait peu les ressources qu'il possédait et la chaleur en faisait partie. Mais il était là.

Nous voyions peu de monde, car aux questions qui arrivaient entre les verres quant à mon retour, à nos nuits, nous n'avions aucune réponse, même muette. Nos corps ne se trouvaient pas encore, c'était voyant. Il était difficile de se sourire, d'appeler l'autre autrement que par son prénom. Comme des enfants oui, nous adoptions le comportement qu'il convenait de prendre en général, en société. Non, nous n'irions pas échouer sur le divan d'un thérapeute dit de couple, non nous ne déménagerions pas. Il n'avait pas le temps. L'autorité se déplaçait déjà, à nouveau, vers lui qui savait mieux que moi la vouloir et la prendre.

Bref, j'étais revenue.

Je songeais parfois toute cette violence pour un essai, un aller-retour. Tout ça pour faire comme si. Toute une fin orchestrée, au prix que ça coûte, juste pour voir comment ça pouvait finir.

Alors partir, c'est faire semblant.

Je repris l'habitude prise avec la sécurité. Écouter mon cœur battre normalement et m'en satisfaire. Sirius veillait, je dormais. La femme voyageant seule était redevenue fille et entre nos murs repeints je pouvais contempler l'ultime spectre : ne jamais parvenir à sortir de ce caveau, l'enfance. Peut-être que vivre mieux c'était ça, baisser les armes. Adopter les épouvantails. Faire des monstres sous les lits nos invités.

En quoi est-il moins coûteux de les adopter que de finir de les combattre ? aurait relevé Ariel si je le voyais encore et j'aurais répondu : parce qu'on n'en finit pas.

Mais mon thérapeute avait mis un terme prématuré à nos rencontres pour des raisons indiscutables : il abandonnait la pratique de ville. Il m'avait indiqué une consœur mais qu'est-ce que j'en avais à foutre d'une consœur.

Ariel s'était ajouté à ce qui me manquait. Je voulais lui dire des choses, par exemple que ma peau, regardez, ça recommence, elle sèche. Je dirais je sèche et lui de sourire. Il répondrait bien sûr, Michelle. Puisque *sécher*, dans la langue des élèves, c'est *ne pas trouver*, et puisque vous et moi nous cherchons encore.

Ariel parfois était là, je veux dire parfois je pensais à sa place. Comme lui, j'avais pris l'habitude de suivre le sens au son. Un jour je regardais, désolée, ma peau aride gonfler en vésicules et se fendre, attendant que perlent les petites gouttes claires, en répétant je sèche. Et pour la première fois j'ai pensé qu'on séchait quand on contenait trop d'eau. J'y ai pensé toute seule et peut-être ce jour-là, au pire de la patience, ai-je commencé à trouver.

L'été venait, il serait là dans un mois. Sirius souhaitait profiter d'une quinzaine de jours de repli, peut-être parcourir en juillet un morceau du GR65. Seul.

— Seul ?

Oui, seul, et sans communiquer vers l'extérieur selon la définition qu'on pouvait donner à repli. L'extérieur c'était moi mais je faisais docilement semblant d'être conne car il était convenu que l'on s'accroche. Au terme de cette saison en enfer il méritait l'impunité d'une retraite, n'y être pour une fois pour personne. Si je trouvais quelque chose avec Lou, l'on pourrait se rejoindre quelque part, quelques jours en France, vers la fin de juillet.

Je n'avais pour ma part aucune perspective sérieuse de déplacement. Sinon trois jours dans les Vosges, Éric m'ayant proposé de l'accompagner au mariage de Clotilde. Ce qui sérieux ne l'était pas. J'avais toutefois conservé le faire-part qu'il m'avait transmis via ma maison d'édition. L'invitation consistait en un énigmatique morceau d'une plus grande image, peinture à l'acrylique exécutée par la mariée ; le jour des noces chaque convive était invité à rapporter sa pièce, et serait ainsi complété quelque paysage. Les absents seraient responsables des blancs. Ainsi un carton tartiné d'une couche sans contour de bleu et de vert, restant aimanté à la porte du frigidaire, annonçait une fête champêtre autour d'un lac qualifié de féerique.

C'est aussi à cette période de l'année que je fus ramenée au réel, je ne sais plus exactement, juin ou juillet, l'été n'était pas très avancé. Un matin, Sirius se présenta, dans l'encadrement d'une porte, celle du salon. Pieds nus, vêtu d'un jean dont je remarquai la coupe, d'une chemise sous-taillée chiffonnée, appuyant une épaule sur le mur, la main opposée sur la hanche, il me posait une question à propos d'un certain tube de crème solaire égaré. Il était pour cela inutilement superbe. Il avait fait quelque chose à ses dents, elles scintillaient d'un blanc brutal qui imitait le sourire goinfre des adolescents. J'ai pensé tiens, c'est une copie. Il n'est pas là.

Ce qu'il faut de temps, surtout la nuit, pour voir.

Au sein des couples occupés à se recoudre, on veut, on doit prendre pour base la norme de l'exclusivité sexuelle. La chaise de l'un tournée vers la chaise de l'autre. Le corps de chacun, en retrait des zones exposées et des événements à caractère de parade, saura peu à peu se soustraire au voyeurisme du monde proche par l'opération de vastes tee-shirts, d'un connivent minimum de laisser-aller. Or le corps de Sirius exposait soudain une entière disposition. Imprévue par la norme, en contradiction totale avec elle. Je reconnus ce jour-là que Sirius s'était sexualisé de tout son être dans des proportions qui crevaient l'écran. Il était absolument offert. Absolument indépendant.

Je lui ai demandé, comme ces choses se demandent :

— Tu vois quelqu'un ?

Je ne m'attendais pas une seconde à la vérité. On ne pratiquait plus cette passion depuis longtemps.

— Ça te ferait quelque chose ? Ce n'est pas ça que tu attends de moi, si ?

Je n'ai pas répondu, à quoi ça sert. Il a tout de même entendu, il a presque souri.

— Moi non plus.

Et il a murmuré :

— C'est comme ça.

Il me parlait peut-être enfin d'amour.

Partir c'est peut-être essayer, essayer encore.

J'ai rien à me mettre.

Ma fille avait parlé ce latin, un matin de juillet. Elle aurait pu dire, frontale, je veux une belle robe, ou, indirecte, comment va-t-on s'habiller pour la cérémonie mais elle avait dit l'hyperbole rageuse de bonne femme d'avant 1963. J'ai failli l'engueuler, atteinte. Je n'avais jamais prononcé devant elle ces phrases de larbine, je fais très attention, le péril n'est pas lointain. Je n'ai jamais dit les maths, demande à ton père, jamais dit laisse, je vais le faire à quelqu'un qui tenait une éponge et jamais prétendu surtout quand c'était vrai n'avoir rien à me mettre. Alors d'où ça sort. Peut-être Lou les écoute-t-elle aussi les voix dans les tombes de nos ancillaires aïeules qu'avaient, pour de vrai, rien à s'mette su'l'dos. Peut-être que leurs plaintes portent loin.

Bref, rien à se mettre, déclaration faite moins d'une heure avant le départ. Inutile de lui opposer qu'à son âge toutes les petites filles sont mignonnes même en portant n'importe quoi, ce qu'elle veut c'est précisément ne pas être toutes les petites filles en n'importe quoi.

La seule boutique de prêt-à-porter enfant de la gare de l'Est nous fournit un jupon en tulle mauve et des salomés de toile blanche mais elle voulait des accessoires. Je lui fis répéter car elle avait six ans. Parfois un mot en cache un autre, surtout avec les doubles consonnes.

— Des accessoires ? Qu'est-ce que tu veux dire ?

Elle veut dire des accessoires. Nous identifiâmes un Accessorize qui réglait d'un coup le sort de la double consonne et du bon goût. Là, se récriant dans les pires aigus qu'elle pouvait fréquenter, elle arracha d'un présentoir une sorte de serre-tête enrubanné de satin blanc et clouté de diams en plastique que je m'interdis de juger trop sévèrement car la vendeuse le portait.

TGV Inoui 2573, voiture 7, places 7 et 9 dans le sens de la marche. Lou avait passé le jupon sur son jean et sur le quai, diadème au front, elle marchait sur les pointes, décidée à flamber toutes ses ressources de princesse en une fois, comme mystérieusement avertie que ce temps était compté. Une fois dans le train, elle s'endormit. Les yeux clos dans un bouillon de tulle, sa couronne sur le nez et le sourire aux anges, elle brouillait encore les frontières entre le réel et le conte. J'aurais pu me méfier.

Deux heures plus tard, à bord d'une Skoda louée à la gare, je repris la route des hauteurs. La joie de Lou à l'idée d'apparaître au monde ainsi attifée, de voir de tout près une mariée en forêt muait presque en gaieté l'indifférence qui désormais me tenait lieu de santé mentale.

Le lieu où se tenait le mariage de Clotilde et Jérémy ne m'était pas inconnu. Le lac de Retournemer évoquait des plongeons glacés au plus cuisant des étés, mon père traversant les trois cents mètres d'une rive à l'autre dans un crawl net que je voulais apprendre et ma mère sur la berge, habillée et inaudible, criant a priori ses convictions quant à l'hydrocution, à la sournoiserie des profondeurs. De ce genre de lac, précipité de plantes noyées et d'animaux morts, on ne voyait jamais le fond.

Avant le lac et y menant, un vaste champ formait comme un cirque au pied de courts sommets boisés, il était aménagé de constructions permanentes et d'autres temporaires, pour aujourd'hui, pour la fête. Quelques légers chalets de bois posés sans fondations se partageaient donc les hectares secs avec trois chapiteaux blancs et laqués de soleil.

Tout autour, faite d'aulnes, de hêtres et de sapins, une nature pleine que l'été ne venait pas consumer si haut. Et ce cirque, des îlots d'invités l'animaient, odorants et chamarrés, encore décents. La musique provenait d'enceintes éloignées des barnums, on ne l'entendrait bien que plus tard.

Enfin, à proximité des tables extérieures où l'on servait en vins d'honneur un pétillant d'Alsace et du champagne, posé sur un large chevalet de bois, on appréciait la progression de la peinture-puzzle que reconstituaient peu à peu les faire-part. Le tableau était aux trois quarts achevé. À la peinture acrylique, Clotilde avait représenté la carte du territoire où nous nous trouvions, s'inspirant des tapisseries médiévales ou des enluminures de grimoires. En dépit des éléments manquants on devinait des étangs, les arbres, les animaux, les cascades répertoriées, des symboles et un château inventé. C'était farfelu, inspiré et surtout très étonnant de sa part, tant Clotilde se laissait imaginer plus popote.

Retournemer se dérobait longtemps à la vue, un chemin serpentait vers lui, au long d'un cours d'eau qui se jetait dans un autre pour aller ensemble rejoindre le lac. Je n'étais pas pressée de le contempler, sa proximité communiquait à ma peau un malaise dont je m'étais déshabituée depuis des mois. Ou qu'à force de taire je ne retrouvais plus.

Un plateau chargé de coupes effervescentes passa trois fois à ma portée et fit passer mes vapeurs, en trois fois. Éric, voué à décevoir, n'était pas encore arrivé.

Si Lou était telle qu'on attendait les enfants, tout en pastel et frou-frou, j'étais moi venue comme j'étais. Ma part punk, c'est-à-dire brouillonne et qui n'avait pas encore complètement déménagé son dressing, avait cherché une fois de trop à me démontrer ceci : tu parviendras toujours à imposer un pantalon en pseudo-soie surtaillé sur des tennis neuves comme l'essence du look auprès d'un parterre de filles qui pensent en termes de vêtements du dimanche et disposent pour s'équiper dans cette affligeante perspective d'un Accessorize et d'un Printemps mal approvisionné. En matière d'HMC (habillage-maquillage-coiffure dans le cinéma, ma part punk se fatigue pas et connaît du monde), rien c'est tout. Décroissance radicale des matériaux, des épaisseurs, des plis, des poids, des efforts, des accessoires et des coûts, l'élégance est désormais proche du zéro et j'allais leur en mettre plein la vue aux déguisées, avec que dalle.

Ce fut le contraire car les voyages sont faits pour enseigner. Dès les premières minutes à l'apéritif, où je rencontrai l'entourage messin de Jérémy, retrouvai d'anciennes camarades de lycée partagées avec Clotilde, je vécus la pâteuse expérience d'être la plouc de service. Les filles envoyaient. Les épidermes étaient surfacés, trahissant une connaissance internationale des lasers dermatologiques, les tenues étaient discrètes mais de qualité ravageuse, elles avaient accès à la magie, forcément. Elles travaillaient pour la plupart au Luxembourg, une maquette de pays entre le Vatican et Dubaï où le salaire moyen est le plus élevé d'Europe, y parcouraient du lundi au vendredi ses rues encore plus soignées qu'elles, seules les cliniques esthétiques y brisant la succession des banques et des diamantaires. Vingt ans plus tôt, descendre à Paris supposait que la variable géographique jouerait infiniment en ma faveur, or à l'évidence la tectonique des capitales leur était devenue favorable depuis quelques années. À leurs côtés j'avais l'air fumeuse et mal nourrie, surgie du quart-monde artistique.

J'entamai auprès de la plus gentille le récit des tribulations d'un dressing de créateur, le mien, actuellement remisé dans un sous-sol à Vélizy, au prix d'un abonnement à Une pièce en plus. Au milieu d'une phrase, je m'entendis répondre par une certaine Lauren que j'étais très bien comme ça et surtout, l'essentiel, j'étais venue. Elle était violemment sympa. Ne manquait que le « et au moins t'auras pas peur de te tacher ».

— T'écris toi, c'est ça ?

Elle voudra savoir ce qu'il convient de lire, parmi mes productions. Je répondrai au pif, incapable de concentration.

— C'est quoi ce bruit ?

— Quel bruit ? s'étonne Lauren.

— Ça.

— Le ruisseau ?

Nous étions en effet proches du ru. Le son qu'il produisait en fuyant vers le lac, entre clochettes et chasse d'eau, me perçait méthodiquement le crâne, cherchant à y pondre cette variété de migraine qui s'installe deux jours minimum. Je dus m'éloigner sans mieux connaître Lauren.

Lou avait été soustraite à ma surveillance par une escadrille de jeunes filles vêtues de beige et de Bensimon qui, se déplaçant en formation tactique, cueillaient les enfants en tout point du parc, tel un ramassage scolaire à l'ère préindustrielle. Elles les emmenaient jouer, j'imagine avec des cerceaux, sous le chapiteau lointain qui leur était dévolu, après les petits baraquements de bois. C'était bien foutu. Je me décidai à aller poser mon morceau de peinture sur la toile en puzzle pour m'apercevoir que je l'avais laissé à l'hôtel. La carte du territoire ne présentait plus qu'un blanc, matérialisait-il un bout de montagne, de lac ou de forêt, on ne saurait pas. Le son d'un cor empoigné par le beau-père de Clotilde, chasseur à courre, avertit à ce moment de l'ouverture du repas, longuement.

Je revins en lisière des chapiteaux, gagner ma table tandis que le cor se répétait, tenu par le vieux tout rouge et heureux de servir. J'étais à la table 8, baptisée Jonquilles – sortes de narcisses du pauvre, jaunes et endémiques, qui habillent les coteaux vers mars-avril, prétendit m'enseigner mon jeune voisin me supposant touriste. À l'entrée, le son du cor reprenait sans relâche, crispant et funeste, puis l'on vit se déplacer non un cerf, mais le marié. On le devina s'adresser gentiment à son parent et pour finir lui confisquer la trompe.

Bien des jonquilles présentes ne m'étaient pas inconnues, que je les eusse rencontrées chez Clotilde cet hiver ou fréquentées bien plus tôt sur les campus de l'université de Lorraine. Certains m'avaient lue, certains m'avaient connue et s'étonnaient de me reconnaître à ce point, certains se risquaient à un portrait à la Rubempré, parfaitement déphasé. J'étais montée à Paris, j'avais su y rester et m'y faire une situation, on me félicitait. Je devais vraiment faire de la peine. D'aucuns même, surjouant la ruralité bonasse, s'accusaient de n'avoir pas su, eux, se risquer à l'exceptionnel parisien.

On voulait être aimable, on me collait des visions balzaciennes à ce point sans rapport avec la débandade qui me tenait lieu de trajectoire sociale que c'était rigolo.

Quelle exception d'abord ? Une exception qui concernait toute ma génération n'était pas autre chose qu'un automatisme. Tous, n'avions-nous pas migré vers les grosses villes ? Dans un mouvement aussi naturel qu'il contrariait celui de nos grands-parents, pour qui avoir sa place consistait à faire son trou en plus profond, à l'endroit même où les anciens avaient foré le leur. Mais jouer ses cartes plus loin dans un lieu de meilleure référence, qui de nous ne l'avait pas entrepris ? Je n'avais effroyablement rien de spécial.

Certes. Mais on me fit observer que tous ici sauf moi étaient revenus s'ancrer là. Tous bien sûr étaient partis un jour plus à l'ouest, étudier, gagner ou ramasser, mais la plupart revivaient désormais dans la plaine ou plus haut, attaqués quelques années plus tôt par l'idéalisation des lieux premiers. Et ils dissertaient sur ce vœu somme toute narcissique, d'offrir ce cadre vert et parfois neigeux, ce cadre de leur enfance à eux, à celle de leurs rejetons.

Moi, c'est la dernière chose que j'aurais fait subir à Lou, mais de toute évidence je mourrais sans savoir pourquoi.

J'avais trop bu. L'encombrant beau-père avait dû raquer assez pour imposer le menu et le plat principal était de venaison. Je ne trouvai aucune bonne raison d'avaler du chevreuil. La politesse, éventuellement, mais autour de Jonquilles personne ne prêtait attention à mon savoir-vivre ; le chevreuil vaincu figeait dans mon assiette, cerné de mirabelles au jus. L'envie de se barrer cognait dans mes jarrets plus tôt que prévu.

Je me sentais pesante et marginale. Au bord de ce lac où j'avais très certainement appris à nager, je ne ressemblais plus à personne quand tous étaient chez eux.

Soudain, me revint, furieux, le désir d'Éric, de l'improbable trait d'union qu'il établissait entre ici et moi. Il m'avait invitée, j'étais venue pour lui, il n'était pas là, c'était très con. On persistait à me poser des questions, on était bien obligé, Jonquilles avait été conçue pour l'échange. Mais toujours le bruit infernal du cours d'eau me coupait la parole.

— Ça ne vous gêne pas le bruit, vous ?

— Le bruit de quoi ?

Je me levai. Bientôt sillonnant entre les tables au moment délicat où, le foie abdiquant face à tant de graisses et d'alcool, c'est tout l'organisme qui morfle, à commencer par le cerveau. Je demandai à la table des témoins, Gentianes, si quelqu'un avait vu Éric et l'on me répondit tout content moi c'est Jean-Baptiste. De qui le voisin voulut aussitôt me faire une place sur sa chaise. Je posai à d'autres fleurs, Perce-Neige et Millepertuis, la même question. Mais Éric lequel ? Éric le frère de Stéphane ? Éric le frisé ou l'autre ? L'Éric de Béa tu veux dire ? Il est invité ?

Laissez tomber. J'ignore tout de lui et tiens, peut-être que je l'ai inventé, ce ne serait pas si étonnant tant ce pays hallucinant m'empoisonne. Il m'avait semblé un instant encore y être venue pour quelque chose, je m'étais à nouveau trouvé un élan, imaginé un rendez-vous ici, aux abords des nappes et des couronnes. Mais je déteste les mariages. Et Clotilde qui se marie en blanc, affichant la joie franche ni feinte ni pour la photo, me renvoie aux vies qui ne seront pas les miennes. Aux voies que je n'ai pas prises, à mes désertions du Tendre jusqu'à sortir de la carte.

Femme voyageant seule, même en couple.

Les invités s'étaient à nouveau répandus sur le pré. Ils reviendraient s'attabler plus tard, heureusement, il restait quantité de choses à bouffer avant le dessert. De l'alcool que je pouvais désormais ingérer en quantités redoutables, l'effet commençait à s'inverser. J'allais parmi les fêtards, m'appliquant, comme disent les gens pas compliqués, à profiter. Mais c'était foutu d'avance.

Le son du cours d'eau dont j'avais identifié le trajet sillonnant entre les sapins au fond du cirque avait viré au tintamarre, comme ces bruits répétitifs impliqués dans les tortures savantes parce qu'ils rendent fous en un jour.

Se barrer.

Trouver Lou et se barrer.

J'allai récupérer Lou. On en avait assez vu, et sinon, en regagnant le parking, je m'arrêterais un instant pour lui montrer l'essentiel. Par exemple, la différence entre un épicéa dont la ramure monte et le sapin dont la ramure ploie, lui léguerais le fameux moyen mnémotechnique : l'épicéa lève les bras, le sapin peint la terre. Et telle leçon de choses ayant justifié le déplacement, nous rallierons tranquilles mon Kyriad de plaine. On attraperait la valise pas défaite, puis le train, respirer du dioxyde d'azote chez nous, décevoir Sirius qui serait tranquille une autre fois. La forêt et ses putain de sources derrière moi pour de bon.

Cherchant à identifier le chapiteau des mômes, je vis enfin et de nulle part surgir un Éric mécontent et sapé.

— Ah tout de même. T'étais où ? Je suis bourrée à cause toi.

Éric était sur place depuis quelques heures mais en proie aux effets d'une assez mauvaise surprise, il cherchait plus ou moins à se tirer. Parmi les jeunes filles engagées pour surveiller les enfants, Éric venait de voir apparaître une élève.

— Et ?

Et il prévoyait les excès standards, danser, danser mal, danser mal ivre mort, tous égarements qui ne se présentaient plus si souvent.

— Et ?

Je le faisais exprès ou quoi ? Un professeur ayant fait le guignol une fois en présence d'un élève est un professeur foutu pour l'année. Déjà que l'expression de son autorité naturelle était compromise par sa gueule de boy-scout. Bref, voir l'élève avait sorti Éric de l'ambiance.

— Quelle ambiance ?

Bientôt nous fûmes d'accord pour échapper à la fête. Le cirque offrait des dégagements, on pourrait filer vers la rive du lac et, en passant par les contreforts du bois, rejoindre le lac suivant, Longemer, puis faire l'aller-retour. La promenade était belle selon lui. Et moi, je supposai qu'on pourrait trouver sur la route l'un de ces refuges de montagne qui sent la braise froide, l'écorce et la poudre à fusil, où des troupes lycéennes montées de la Bresse vont se droguer le samedi, si rien n'avait changé depuis 1997. Renseigné par sa profession, Éric m'assura que tout avait changé, en pire. Mais que « se faire un chalet », ainsi que l'on désignait toujours l'occupation tribale et déjantée des refuges d'altitude, avait traversé intact les temps numériques. À ceci près que les gosses n'écoutaient plus REM.

— Ils écoutent quoi ?

Il ne savait pas trop. Forcément de la merde. Un paisible rire de vieux cons nous réchauffa tous les deux. Puis un silence. Puis de nouveau cet infime désir qui vint embuer aussi ses yeux à lui, qui nous promettait d'explorer dans l'heure l'érotique de la randonnée, mal connue du grand public citadin.

Je me proposai d'aller quérir une bouteille d'eau et ce faisant, au passage, avertir Lou que maman s'éloignait un peu pour éviter de bientôt tomber ivre dans l'herbe et lui faire honte devant ses nouvelles petites amies. Je me fis indiquer le chapiteau des enfants. Éric souhaitait évidemment m'attendre à l'extérieur.

Le barnum destiné aux enfants, utilement élevé à l'ombre d'une rangée d'épicéas, offrait une merveilleuse fraîcheur. Les plus petits assis en tailleur formaient un cercle joyeux autour d'un grand dévoué à faire le clown. Autour se poursuivait une partie de cache-cache, compromise par l'absence de meubles et de recoins.

Parmi toutes les petites filles à découvert je n'aperçois pas la mienne.

— Elle a du mieux se cacher que les autres, rigole une Sidonie, parmi les jeunes filles qui les surveillent de toute évidence à moitié. Vous avez regardé dehors ?

D'autres enfants galopent autour du chapiteau mais nul ne poursuit Lou. Parmi ceux qui l'identifient, aucun ne semble l'avoir vue depuis un moment. Moment que l'enfantin dédain envers l'abstraction du temps leur permet de situer entre deux minutes et deux heures.

Lou n'est pas aux abords du buffet desservi, Lou ne répond pas à son nom quand je le crie. Lorsque Éric me rejoint, j'ai peur de comprendre. Lou s'est perdue.

À cet instant, Sidonie constate la disparition de l'une de ses consœurs, lycéenne en charge du groupe des six ans. Lou serait avec elle. Or l'évaporée mineure ne répond pas sur son portable. Il est éteint.

L'alcool dans mes veines s'éteint et la fraîcheur des épicéas proches me glace.

Il est 18 heures.

Je hurle le nom de Lou à travers les tentes, le parking de fortune, et même sur la route qui dessert le cirque. Des invités alertés viennent brailler avec nous en lisière de la forêt de conifères, vers les maisons en bois qui frangent le terrain, mais pas trop fort supplie encore une invitée à l'ouest. Évitons, dit-elle, d'affoler les mariés.

— Et si c'était ta gosse connasse ! je braille alors si haut que les mariés et leur suite débordent du chapiteau.

Parmi qui Lauren qui dit avoir vu Lou tout à l'heure. Si c'était bien l'adorable petite blonde en tutu rose, accompagnée de la jeune qui faisait l'atelier dessin.

— La fille de l'atelier dessin, avec les cheveux courts ? s'enquiert Éric.

Oui cette fille-là.

— C'est Lucie, formule Éric.

L'enfant et la grande, poursuit Lauren, jouaient au bord de la Vologne, bras dans l'eau. Apparemment à faire flotter des trucs. Et Lauren d'indiquer le ru filiforme qui, soulignant la prairie, la découpe du bois à l'arrière-plan.

— Ça c'est la Vologne ? m'entends-je hurler comme si c'était quelqu'un autre.

C'est ça la Vologne, du moins son mince prologue, une fois dévalée la montagne où, tout près, elle prend source.

Et cette dernière apparition, Lauren, pas plus concrète que les gosses, la situe elle ne saurait dire quand. Mais moins d'une heure.

Mais il faut moins d'une heure pour tout. Les faits se décrivent en minutes, les accidents en secondes. Tout le monde le sait qui bientôt, effrayé comme un seul troupeau, se répand vers le lac, criant deux prénoms.

Je cours le long du mince flux qui, une fois traversé le cirque en poussant son chant insupportable, se jette dans le petit lac de Retournemer. Derrière moi j'entends crier Michelle arrête tu vas tomber. Pas d'enfant sur les bords du lac, mais le fouillis des aulnes et d'autres broussailles humides dissimule le dessin des rives et fournit des angles morts où glisser et disparaître. J'entre dans l'eau du lac transparente sur un fond de gravillons qui dégringole en pente soudaine, peut-être qu'il est froid le lac. Je crie toujours Lou tandis que d'autres suivent, à sec, un trajet parallèle et de plus en plus affolé.

De l'eau jusqu'aux genoux puis de l'eau à la taille, agitant les bras comme s'il s'agissait que remonte quelque chose du fond, je fais n'importe quoi. Je pourrais sûrement me noyer aussi, les membres pris dans l'épaisseur vaseuse qui a succédé aux graviers.

À cet instant, je perçois un cri déchirant, répété, aigu et lointain.

C'est elle et c'est si loin.

Je vais par là en répondant au cri par mon râle, j'ai du sang dans la gorge de tant hurler Lou. Je trouve rapidement, dans une échancrure du lac, la bouche d'où ressort la Vologne. Je ne perçois même plus mes propres hurlements tandis qu'à l'intérieur a gagné le froid que je connais bien, dont j'ai vécu. Il agit à présent tel un gel, anesthésiant le raisonnement, l'ouïe. Je n'entends que moi hurler elle est tombée, elle va se noyer. Elle se noie.

S'échappant du lac, la rivière bouillonne quelques mètres avant de heurter un barrage rudimentaire. Je l'atteins. Constate que la rivière tombe plus bas, cascadant entre les roches rondes. Je ne sens plus rien sinon monter l'horreur de ce que je vais trouver. Je sors de l'eau, hurle encore. Si Lou est par là elle ne peut plus répondre à son nom. La terreur a tout remplacé chez moi, la femme, la tête, le souffle et je redécouvre ce que j'ai su de la peur en juillet 1984. On pourrait me retrancher un membre, je ne sentirais rien. Je n'entends pas ce que crient ceux fouillant la rive d'en face.

Ils n'imaginent pas le cauchemar qui s'annonce qu'aucun cri ne peut ni réveiller ni défaire.

Parvenant par le sol sous le barrage, je continue le long de l'eau. Je ne peux plus y entrer, la rivière est devenue grosse et la caillasse visqueuse me fera risquer la chute mortelle. Je descends plus bas, personne. Personne à trouver et personne pour me suivre, du moins je ne les vois pas.

Je ne sais plus avancer, soudain paralysée, je pense c'est trop tard. À quelques mètres d'un terrain forestier épais, impraticable, la rivière tombe une dernière fois et un peu calmée s'élargit pour devenir ce qu'on sait.

La Vologne.

Une rivière noire, noire même au soleil, toujours vive, et frappant de massives roches grises, qui perce tout droit la vallée du textile, passant sans s'arrêter devant les usines, la ligne plate de pavillons ouvriers, pour continuer, aller vous foutre en l'air le moral jusqu'à Lépanges, et de là s'élargir en cette Vologne médiatique, de renommée nationale.

Parce que dans son eau opaque flotte à jamais depuis 1984 un enfant étonné, les yeux grands ouverts sur le visage pas inconnu de la mort.

— Michelle ! Là !

LUCIE

Lucie n'est pas une folle. Ce n'est pas parce qu'on l'a implantée dans les Vosges que d'un coup, attaquée par le délire ambiant, elle allait se mettre à enlever des gamines. Lucie avait juste remplacé Stella, qui elle s'était fait officiellement booker comme baby-sitteuse par une copine de sa mère, une vieille qui se mariait quand même et qui voulait parquer les gosses à part. Un bon job de gardiennes de chèvres, bien genré et tout, avec tenue de pauvre imposée mais pas tout à fait payé que dalle. Voilà, pas plus. De base on est loin d'un *Faites entrer l'accusé.*

Ça commence quand occupée depuis deux heures à se faire dessiner des conneries au Bic sur les avant-bras par des nains de trois à sept ans, vu que c'est le seul jeu qu'elle a su proposer et qu'à cet âge ça les emballe dès que c'est chelou, elle a décidé d'aller fumer des clopes au bord du lac machin. Une pause quoi. Elle a tenté de sortir du chapiteau des chiards mais Sidonie, la genre de scoute qui manageait le truc, lui a rappelé les bases, à savoir gérer les mômes. Lucie a gueulé qu'elle voulait juste faire un pauvre tour, l'autre ne s'est pas démontée : si elle voulait se balader, pas de problème mais c'est avec un môme. Justement y avait cette gamine étrangère qui voulait voir dehors s'il y avait des licornes ou autres. Merci de l'accompagner et de pas lui fumer dans la tronche.

Cette gamine, si elle avait su. Mais elle ne savait pas.

La gosse voulait surtout voir le ruisseau. Elle était fascinée par le ruissellement du cours d'eau qui traversait le terrain parce qu'on leur avait dit de ne pas s'approcher, une gosse normale. Lucie, à un doigt de la crise de nerfs, rapport elle est à deux cents taffes par jour, a pourtant bricolé calmement pour la gosse une sorte de radeau avec des brindilles. C'étaient deux bouts d'écorce et un élastique à cheveux, le pur jouet de migrant mais la môme qui devait être une gosse de riches regardait ça comme de l'art contemporain flottant. Elle lui a dit qu'on allait le suivre, Lucie a dit OK, et on a couru derrière le truc.

Il a dévalé le ruisseau et quand il est arrivé dans le lac, la gamine s'était attachée. Elle voulait le reprendre. Comme quoi sinon il irait trop loin, on le perdrait, apparemment ce serait une catastrophe. Lucie a failli l'engueuler mais elle lui a filé une branche assez longue pour tenir la barquette le long de la rive et lui faire retrouver le cours d'eau.

Le ruisseau ressortait vraiment pas loin, car on était plus sur un gros étang que sur un lac. Mais en ressortant il avait pris du nerf, il était plus large genre minitorrent et gargouillait entre un mélange de caillasse et de mousse pas franchement praticable. En tout cas pas du tout adapté à une balade avec une gamine en tutu. Mais le ruisseau a embarqué le radeau vers le bas à toute allure, et la gamine a dit oh non et le voilà qui prend tout droit la pente boueuse et donc glissante qui devait tomber à pic à quarante mètres, c'était sûr, vu qu'on ne voyait pas où le ruisseau continuait dans ce bordel d'eau, d'arbres et de cailloux.

Bref Lucie a couru après la petite, a réussi à l'attraper par le tulle au niveau d'un petit barrage qui avait arrêté le jouet. Après quoi elle avait entrepris de le récupérer en entrant dans l'eau et en menaçant la môme de la priver de goûter si elle la suivait. Mais tu penses. À six ans ça cherche qu'à se salir ou à risquer sa vie, ou les deux, et elle avait direct foutu les pieds dedans elle aussi. Le temps que Lucie la retienne, le jouet en avait profité pour continuer la balade plus bas. Là les hurlements de la môme, entre inhumains et d'écorchée vive, l'avaient convaincue de tenter une récupération par voie terrestre, pour que ça s'arrête. Et aussi, peut-être, admettons, parce que c'était plus marrant que se taper Sidonie sous le machin en plastique.

Elles avaient crapahuté un peu plus haut dans la forêt pour éviter de suivre la rive casse-gueule, puis redévalé à peu près en chasse-neige dans les feuilles, et si la gosse braillait de joie, Lucie pensait putain quand il faudra faire demi-tour.

Mais elles avaient rejoint comme ça un coin bien plus sympa de la rivière, au soleil et tout, et constaté un tel coup de bol que Lucie en a repris espoir dans l'avenir en général : le bateau avait été arrêté, précisément là, par des branches en plein courant. Manquait plus que d'aller le pêcher, en tenant cette fois ferme la main de la gamine qui ne pouvait de toute façon pas se salir davantage. Un tas de boue avec un sourire jusque-là.

Elles se baquaient tout juste quand elles ont entendu le hurlement de Michelle et l'avaient vue surgir, se foutre à l'eau, pour arracher la petite qu'était donc la sienne à une riviérette de cinquante centimètres de profondeur façon *Titanic*, et plus Lucie se rejouait la scène, plus elle entendait Céline Dion. Pour le coup la gamine qui passait jusqu'à présent la meilleure journée de sa vie a réellement paniqué face à l'incompréhensible raffut, la mère en vrac, trempée et tout.

Bientôt la moitié du mariage était occupée à se péter la gueule au bord du truc, l'autre à calmer l'auteure qui tremblait. La petite s'agrippait à Lucie et des adultes pintés voulaient les séparer dans le doute, des fois qu'elle l'ait touchée. Ça ne devait pas leur sembler illogique que la gosse reste pluguée à quelqu'un qui l'aurait maltraitée. Wolf ne savait quoi faire à part répéter putain avant de se barrer et avec le recul Lucie pense que c'est là que l'obsession de la Parisienne pour lui a dû prendre fin. Ce genre d'égoïste de carrière c'est jamais franchement amoureuse. Ça passe pas le cap de la déception, c'est vite dégoûtée par les trucs naturels. Les poils, la lâcheté, tout ça.

Sa mère lui a expliqué ce qu'était le petit Grégory pour les locaux. Ils ne s'en sont jamais remis, d'abord parce qu'ils n'ont jamais compris. Chez eux, dans l'histoire de France, le Bataclan ça vient après Grégory Villemin. C'est l'histoire d'un môme qui a été tué plus ou moins chez lui et qu'on a retrouvé étouffé – ou noyé, même ça on sait pas – dans la rivière en bas, le tout dans un périmètre de deux kilomètres à tout casser et en trois heures. Pour certains c'est la famille qui a fait le coup, ce qui ne serait pas surprenant quand tu regardes l'histoire du crime depuis les Grecs ou juste la télé. Mais en vrai personne n'en a la moindre idée. Dans un village minuscule de trois habitants et demi où tout le monde connaissait tout le monde, où tout le monde savait au moins un truc utile à dire aux flics, eh bien tout le monde a fermé sa gueule. Ajoute à ça que trois jours d'affilée les journalistes avaient pataugé dans la scène de crime, à savoir tout le patelin, semant cinquante milliards de traces de pattes autour des semelles du tueur, foirant pour l'éternité le taf de la police scientifique. Discipline qui n'existait pas des masses à l'époque, donc sans regret quelque part.

Bref, la rivière c'est le ruisseau du mariage et le village du petit Greg, il était juste en bas. Fou.

Lucie, qui n'est pas idiote, a compris dans la soirée qu'elle avait mis en scène la psychose de Michelle et n'aurait pas été loin de se féliciter pour ce flair de génie, si elle avait été salope. Elle a toujours eu ce petit don pour faire tout dégénérer sans effort. Quand elle était petite ça passait pour de la créativité, voire carrément une supériorité intellectuelle genre autisme distingué.

Mais là, pour la première fois, les parents au courant du truc sont tentés de croire à de la démence bête et méchante. Embarquer un enfant une heure, prendre des risques pareils, paniquer deux cents personnes, fallait être folle. Un comble, alors qu'elle est seule à s'être montrée saine d'esprit dans l'histoire. Depuis, quand ils la voient se rouler par terre avec Gluten, le chat, ils se demandent si elle va pas le noyer dans l'évier la minute d'après. Elle les inquiète à nouveau, c'est criant.

Après le miniscandale, les parents ont parlé direct de déménager parce qu'ils connaissent que cette solution : bouger les meubles. En dépit du fait flagrant que ça n'a jamais rien donné. Ils seraient foutus de trouver un bled encore plus naze, toujours dans la même idée qu'avoir que dalle c'est toucher à l'essentiel. Qu'il faut que ça à leur fille, la zone et la nature. Pour éviter le drame, Lucie se tient à carreau et essaie d'être douce et attentionnée, mais comme elle part de loin, les parents n'ont pas l'habitude, elle parvient juste à être flippante. Elle en a pour tout l'été.

Mais Lucie sait bien qu'elle a rendu service. Lou ne pourra pas oublier ce qu'elle sait des autres maintenant, de leurs limites, elle va enfin se méfier et franchement c'était pas cher la leçon. Idem pour elle, la Michelle avec ses airs, elle était pas ce qu'elle croyait qu'elle était. Ce qu'elle est c'est une fragile qui tient deux secondes la pression, point. Pareil ça n'a pas de prix, sinon elle allait continuer ad vitam à se prendre pour une autre, merci qui.

Grégory est un enfant né dans la même ville que moi, la même année, en 1980. Il fut assassiné le 16 octobre 1984, trois mois exactement après que la tornade de juillet eut ouvert ici un couloir à la notion de séisme. Il fut assassiné à quelques kilomètres de là où nous, les enfants de son âge, vivions de nous croire éternels et de jouer au bord de nos rivières. Nos rivières se touchaient, la Vologne devenant la Moselle pour aller au même fleuve, le Rhin. Grégory disparut à l'heure des loups quand la forêt est anthracite et la montagne violette. Il jouait chez lui, sur la pelouse, on ne saura jamais à quoi, et vit arriver sans crier quelque chose qui n'était pas effrayant. Il fut retrouvé dans l'eau, dans la nuit même.

Quelques jours plus tard, un jeudi matin, à peine plus bas dans la plaine, passant devant l'épicerie-tabac-presse du village pour me rendre à l'école maternelle voisine, je fis sa connaissance. La une du journal local placardée sur la vitre imposait, exceptionnellement en couleurs, son corps ficelé et ruisselant dans les bras d'un pompier dont l'expression, le visage détruit par l'horreur et trop de surprise, me frappa autant : il ne supportait pas ce qui arrivait. Le corps avait un anorak bleu d'un modèle que beaucoup d'enfants de la maternelle portaient. À côté de la photographie funèbre, une autre, le visage de Grégory, échevelé, hilare et vivant.

Entre les deux images, un scandale qu'aucune parole adulte, qui fut rare et sidérée, ne parviendra à expliquer.

Ici, les enfants meurent dans les jupes de leur mère et la rivière les rend glacés. La forêt voit et ne dénoncera jamais personne parce que les animaux dedans n'ont pas la parole, les sapins balaient la poussière, les épicéas prient vers le ciel, et la rivière dont on sait enfin pourquoi elle est si noire descend.

À chaque nouvelle affichée sur l'épicerie, illisible aux petits mais lue à voix haute par les grands, l'effroi de vivre ici gagnait mon enfance fragile et romanesque.

On apprit grâce aux CE1 qui savaient déchiffrer le journal la définition d'adrénaline, hormone secrétée par la terreur et dont les échantillons sanguins de Grégory ne portaient nulle trace.

Il n'avait pas eu peur.

Il n'avait éprouvé aucune frayeur entre l'instant de sa capture et celui de sa mort, du moins pouvait-on le supposer. Et c'était supposer le pire. Par qui peut-on se laisser asphyxier confiant. Sinon par l'un des siens.

Alors dirait Ariel.

Alors Grégory n'a pas eu peur, et par conséquent il n'a pas survécu.

C'est une hypothèse. Et c'en est une autre que vous, Michelle, enfant apprenant la nouvelle, ayez décidé de faire corps avec la peur pour vous protéger de tout. Des alentours d'abord, puis des vôtres.

Peut-être. Ou peut-être que je rêve. Selon mes parents je ne saurais me souvenir, j'étais trop jeune.

C'est faux. J'étais trop jeune avant. Je sais que ma mémoire commence à quatre ans, enregistrant le visage frère de Grégory et tuant quelque chose dont j'ignorerai toujours le nom, peut-être elle, l'insouciance, lestant mon enfance d'un poids que je gardai secret une vie, granit gris dont on fait les pierres tombales dans la vallée de la Vologne. Je pensais à lui comme à un cousin, surprenais en rêve son regard qui fixait la fin du monde dans toute la netteté d'un visage familier. J'y ai pensé longtemps, beaucoup trop je sais, et j'ai oublié. Il paraît qu'on archive tout et d'abord le pire, pour vivre. Mais sur la carte, je condamnai mes Vosges, la beauté incendiaire des forêts, le poignant dessin des montagnes frontières, les animaux des contes en vrai dans nos vergers, les pistes blanches sous les luges. Le paradis qui tint quatre ans son illusion parfaite et me laissa enfin fuir à dix-huit ans.

Entre les deux, toujours contenir quelque chose, colère ou tremblement. Ils disent que j'ai passé ma jeunesse à faire bande à part. Se sont-ils doutés en compagnie de quel cauchemar, non.

Seul Ariel me manque à qui je voudrais décrire ce qui en moi se décompose. Une longue corde, pourrissant tressage de nerfs, de cellules, de larmes, d'idées noires et de coupures de presse régionale qui ligotait mes organes ensemble, se relâchait peu à peu. Et moi, juré, je le sentais. Je saurais lui dire, en pleurant de soulagement, comment, seconde par seconde, se rompent les liens imaginaires. Quelque chose m'a laissée tranquille qui n'était pas une illusion, parole. Quand cela passe tant par le corps et quand cela vous laisse à ce point respirer, c'est tangible et c'est vrai. Il n'aurait rien ajouté sinon, pour la première fois :

— C'est ça.

Je voudrais pouvoir encore l'appeler, lui dire j'arrive, c'est fini. La tempête est tombée, et puis j'ai traversé. J'ai trouvé ce que j'étais venue regarder en face, la peur. La peur à l'endroit même où elle a pris des formes si monstrueuses qu'elle m'a poussée hors du bois, imposant le tracé d'une fuite continue devant l'invisible. Le danger de mort, d'une mort quelle qu'elle soit.

La mort de Grégory a irradié les enfants à la ronde d'une vérité monstre qui fit légende. Ici d'une manière ou d'une autre les enfants meurent auprès des leurs. On peut. Personne, nul psychologue, n'est venu dans les écoles à l'hiver 1984 dire après ça quelque chose d'encore plus fort pour limiter, dans nos nerfs, nos histoires secrètes, l'effusion du scandale. Il n'y avait rien à dire, j'imagine. Mais à chaque fois que j'y entre, ici, le scandale insiste. Je fais partie des irradiés, j'ignore combien nous sommes à ne pas revenir ni pour Noël ni pour l'été. Parce qu'on ne revient pas frôler le cœur nucléaire pour le plaisir, ce ne sont pas des vacances.

Et le savoir, qu'est-ce que ça change ? Le récit, pour commencer, mes vérités comme je les raconte. Je connais, je crois connaître c'est déjà bien, ce que j'ai fui et pourquoi ce mouvement. Ce tracé-là des biches qui ment à chaque fois qu'il se raconte comme une trajectoire sociale. Fait passer le corps émotif et remuant pour l'*acteur rationnel* plein de projets pour lui-même, sillonnant, méthodique, la carte des places à quitter et à prendre. Leurs accès régis par la naissance, la stratégie, les raisons et la concurrence. Toutes ces conneries. Le récit auquel il faut croire pour en rajouter sur la tronche des ratés, des sédentaires de l'infortune, infoutus de réussir leur déplacement.

Il n'y a jamais eu de carte, seulement la forêt et la course. L'acteur rationnel n'existe pas, qui se résume à la pulsion d'échapper. Son ambition est un reflet, sa progression un hasard. En fait de tactique, un rythme : l'endurance de la biche lancée.

Vraiment qu'est-ce que ça change au fond ? pourrait insister Ariel à qui on ne la fait pas.

Absolument tout, absolument rien.

Tout. Car ce pays noir et vert que le soleil blanchit en montagne aussi nettement que la neige, le bleu funambule sur les crêtes, l'autre bleu des champs de seigle en avril et les fluorescences de printemps, ce vert de l'orge vert et le jaune du colza, ces forêts monumentales, les sapins pour tenir un millénaire, les lacs cinématographiques, ce pays me sera peut-être rendu. Je l'entends déjà peu à peu réoccuper l'espace mental, poussant les images de Corse et les odeurs italiennes fabriquées après lui. Je reviendrai plus souvent. Ma fille saura déchiffrer les saisons dans l'Est.

Rien. Car si je viens ce sera chez lui, toujours. Le sol, c'est lui. Le vent c'est lui. C'est comme ça.

TGV Inoui 2580. Le train a passé Nancy, la ville sans fleuve qu'une brume matinale nous aura masquée. Lou a retrouvé toute la gravité de son âge. Elle s'interroge à voix haute sur les potagers ouvriers alignés le long des rails : comment peut-on récolter ses légumes sans risquer sa vie ? Je suggère des manières, des prudences. Elle n'écoute pas. Elle doit avoir son idée qu'elle veut couver, et tant mieux. De l'épisode de l'avant-veille au mariage, elle ne veut pareillement rien dire, répétant ce n'est pas grave, cette phrase qu'on lui adresse à elle quand s'exprime un désarroi contre quoi nous ne pouvons rien.

Je ne lui dis rien de Grégory.

Elle aura ses propres récits d'épouvante, d'autres fantômes. Et peut-être que déjà sa peur vit de quelque chose d'absent qui porte un prénom que moi j'ai oublié.

Paris, ville à recommencer, approchait.

Il est une musique que j'entends souvent, des paroles de chansons qui montent de l'adolescence et résonnent quand les instants sont décisifs et calmes, quand il faut décider pour soi. Pas pour la journée, pour la vie. « Et puis qu'est-ce qu'elle a bien pu faire, juste après ? » Le titre est écrit par Goldman, il le chantait avec Carole Fredericks et Michael Jones, je l'ai découvert à quatorze ans, filtrant de quelque autoradio et j'ai demandé le CD pour Noël. La pochette était en métal. Je me souviens très bien du disque lourd dans les mains, c'était curieux car le poids des choses commençait déjà à perdre la partie et nous, l'habitude de s'encombrer. J'ignore de quoi parle la chanson, quelle femme, quel choc. Mais elle posait pour moi la vraie question au piano. Qu'est-ce qu'on peut bien faire juste après. À écouter le morceau en boucle, s'imposa une évidence que je tins d'instinct pour précieuse: quoi qu'il m'arrive, quoi qu'il lui arrive à *elle*, il s'agira toujours de continuer. Depuis c'est drôle, après chacun des grands coups, chaque grand saut, après les plus violentes vérités apprises et juste avant de trouver comment poursuivre, je l'entends.

Nous remontions le boulevard de Strasbourg, la valise après nous. D'ordinaire j'évite ce trajet, le plus souvent possible du moins, parce que Lou qui rêve d'infinies tresses voudrait qu'on lui achète des cheveux. Les boutiques proposant des mèches et autres franges superlatives garnissent toute la rue, du carrefour des grands boulevards jusqu'à la gare. Et toujours Lou s'arrête, bouche bée, la supplique dans les yeux, puis veut me pousser à l'intérieur. Les Ivoiriennes aussitôt complices lui crient entre princesse, quand ta maman elle va voir les perles sur ta tête elle en voudra aussi, ce qui est amusant la première fois.

Ça n'a pas raté. Lou a tenté d'entrer au Palais de la natte ; puis chez Mamatif s'est vu offrir des cartes de visite, comme d'habitude. Mais là j'ai promis. Nous le ferions.

Un jour nous aurons des crinières, pour le plaisir de les secouer. On les coupera quand on voudra. Et puis pourquoi un jour, disons samedi prochain. Elle n'en croyait pas ses oreilles, moi non plus.

Et qu'est-ce qu'elle a bien pu faire ? Se balader, prendre l'air, oublier le sang, les terres.

Réservation est faite d'un créneau de trois heures chez le coiffeur.

Qu'est-ce qui me prend.

Je fais ce que je veux, m'entendis-je à moi-même tendrement répondre. Je fais ce que je veux.

D'où m'arrivait cette phrase aberrante. D'où ça sort.

Je fais ce que je veux. Le refrain voyou, ivre de lui-même, se monte le son tout seul tandis que nous obliquons sur le boulevard de Bonne-Nouvelle.

Je fais ce que je veux. Et soudain quand j'imagine les années à venir, je voue d'avance une haine élémentaire envers qui prétendrait s'opposer à l'exercice de ma souveraineté balbutiante. Je pense quiconque m'entrave à présent que je dispose de moi-même, le premier qui prétend m'empêcher, quiconque revendique son mot à dire, disparaît. Je rentre quand je veux, je pars si besoin. Où, pourquoi, pourquoi maintenant je ne m'en défendrai plus. Et la phrase aussi me revient, la fameuse, avec la voix des hommes qui l'ont dite :

— C'est le prix de la liberté.

Alors c'est pour elle que depuis quarante ans je paie. Pour cette folle sensation, primaire, fruste, mélange de sensualité, de colère et de puissance qui doit agiter tous les enfants de quatre ans sains d'esprit. Je songe tant d'études. Tant de poses et d'analyses, de tentatives d'appartenance à la civilisation, de braconnages, de raffinement des arts de faire bonne figure pour arriver au bout à cette basique ivresse du mouvement par quoi j'ai dû commencer ? Quel nom porte ce qui à l'instant hurle, tranquille, je fais ce que je veux !, fasciné par sa propre certitude, heureux des dégâts qu'il annonce. Vraiment quel nom. Si c'est le mien, il est tard. Mais ça valait le coup.

À ta mémoire Grégory. À tes jeux dans l'herbe du dernier jour, à tes amours.

ARIEL, SIX MOIS PLUS TARD

Dorénavant Ariel prend le métro tous les jours, la ligne 10 d'Austerlitz à Duroc. Au début, il avait envisagé d'effectuer le trajet à pied, Ariel est un marcheur-né – dans les Dolomites c'est chose courante – qu'une heure dix de marche n'impressionne pas. Il a tenu une semaine. Le lundi une heure quinze pour faire hôpital Saint-Antoine-hôpital Necker, le samedi deux heures, et depuis, métro. Il a conservé pour la forme la petite trotte pour aller du CHU à la station Austerlitz, qui lui évite ensuite les changements. Les changements sont fatigants. Il est fatigué. La nuit dernière il était comme à l'accoutumée seul à assurer les urgences psychiatriques à l'Hôtel-Dieu, il n'a pas eu le temps de boire un verre d'eau. Il aurait pu si les somaticiens ne lui envoyaient pas tous les admis qui ont besoin de parler à quelqu'un, les femmes surtout qui vivent dans la rue qu'il serait barbare d'y renvoyer avec pour seul réconfort un analgésique. Cela fait déjà beaucoup de gens. Ajoutés au gros reste de la misère du monde majoritairement composé ce mois-ci de schizophrènes, de migrants à peine arrivés qui décompensent de l'horreur de la route et des deux catégories qui se confondent dans des corps tour à tour amorphes, agités ou vociférants mais toujours spongieux et donc chaque nuit injectés de neuroleptiques. Ariel voit aussi des pompiers, des flics, des soignants hallucinés. Il leur arrive de vouloir croquer un petit Valium eux aussi et Ariel ne fait pas son chacal.

Ce matin il a assuré sa consultation à Saint-Antoine, spécialisée en insomnie et troubles du comportement alimentaire, et c'est encore d'autres gens, d'autres états, davantage hagards et parfois plus réflexifs. Par exemple aujourd'hui une petite Sacha de quarante et un kilos avait tapé « idées noires » dans Google et de lien en lien s'était retrouvée face à un tutoriel de pendaison. Elle avait voulu vérifier si ce n'étaient pas des conneries, la manœuvre semblait un peu simplette, elle avait vu juste. Sacha s'était ratée, en parlait fort bien, et portait en collier un gros hématome bleu foncé. Quatorze minutes plus tard Ariel voyait une autre adolescente. Avant de rejoindre sa vacation à Necker, il a déjeuné comme d'habitude de noisettes, d'une banane et de bonbons. Comme d'habitude, c'est exagéré. Il a découvert depuis peu les substituts de repas, riches en fer et en magnésium, ce n'est pas si écœurant, les goût vanille seraient presque bons. Non il ne lui vient pas à l'idée qu'il se nourrit exactement comme ces patientes, car il fait très attention à ce que ces confusions n'existent plus. Il n'a plus jamais parlé de ces effets de miroirs, et à force de ne plus parler d'un problème, on n'y pense plus, au revoir le problème.

On dit qu'on ne tient pas longtemps en psychiatrie clinique. Et même si l'on tient, il faut partir. On dit trois, quatre ans c'est bien. Ariel tiendra davantage, il est robuste et brûle parcimonieusement son énergie, le genre moine-soldat. Il sera bientôt moins fatigué, c'est juste que l'hiver se prolonge, c'est juste les gens. La folie publique, c'est un coup à prendre. À reprendre en l'occurrence puisque Ariel avait effectué son internat à la Pitié. Fou des autres, il pensait y consacrer son existence et puis un beau jour, sur les rotules, il s'était surpris à rêvasser de fauteuil, à envisager l'étude du paradoxe d'autrui en centre-ville, comme des vacances. Quel con.

Ariel était à nouveau tranquille, royalement pépère dans le black-out, avec ses gardes de nuit et de jour quasi non-stop, quelques heures de vertigineux sommeil entre les deux. À temps archiplein, il s'était libéré en se surchargeant.

Ça fait pas un peu symptôme ? dirait le superviseur standard, s'il en avait un. Mais coup de bol, dans la pratique hospitalière, le contrôle n'est pas tout à fait de rigueur, tout juste doit-on de temps à autre se produire dans une réunion d'équipe, montrer qu'on existe. Encore faut-il avoir cinq minutes.

À l'hôpital Necker c'est encore autre chose. Le Dr Zaccaria intervient dans le service de périnatalité. Les accouchées parfois ne dorment plus et certaines se voient devenir folles, elles viennent le dire comme ça, en mules et pyjama, je deviens folle monsieur, ou encore je suis un monstre, je ne l'aime pas le bébé, ou encore ce n'est pas le mien cet enfant, on me l'a changé. Des choses humaines, qui le rapprochent de la folie douce dont les tranchées de l'Hôtel-Dieu l'éloignent. Mais la vacation à Necker exige un petit suivi des patientes, précisément ce avec quoi il veut rompre. Le suivi, les suivies. Suivre. Mais enfin, c'est un remplacement. Trois mois.

Ariel est fatigué donc. Peut-être ressent-il un peu de tristesse au fond dans l'asthénie mais il ne fait plus la différence. Aussi, l'après-midi, il descend à la cafétéria à peu près toutes les deux heures, pour un chocolat chaud et des M&M's. On ne lui demande plus ce qu'il veut, on lui vend direct le chocolat et le sachet, et parfois même on les lui donne. Aujourd'hui il songe qu'il a toujours eu des bonbons gratuits, toute sa vie. Sa mère disait c'est parce que t'es beau. À présent qu'il en distribue à son tour, d'autrement plus sérieux bonbecs, il sait enfin de quoi on parle. Ce n'est pas qu'il était beau. C'est qu'il en avait besoin.

Dans la cafétéria, lumineuse et blanche, peu de monde autour des tables. Une petite fille qu'on remarque. Elle porte un chemisier taché de sang, elle tient une compresse sur son nez. Les yeux tout rouges elle ne pleure plus, assise sur la banquette en cellulose, tout contre sa mère. Enfin contre une dame.

Non c'est sa mère, pas moyen, il le sait trop bien Ariel, qu'il s'agit de Michelle. Et Lou, la fillette à son flanc, il l'imaginait tout à fait ainsi quand il les imaginait encore.

Elle l'a vu. À partir de là, la fatigue le quitte ou se décuple, il ne sait pas trop, la sensation est confuse. Il vient vers elles, il dit bonjour et demande ce qu'a la petite. C'est l'enfant qui répond parce que sa mère subit semble-t-il un moment d'absence. L'enfant dit qu'elle est tombée comme on dit j'ai un cancer. Elle doit avoir six ou sept ans.

Et Michelle dit bonjour, bonjour Ariel, et voici qu'Ariel, qui a un peu de temps avant la consultation de 15 heures, s'assoit à leurs côtés. Il doit bien s'asseoir pour déguster son chocolat désormais froid. Là c'est bien. Michelle cherche quelque chose à dire, elle dit dans le désordre vous avez coupé vos cheveux, avec la blouse ça vous change, ça va, ça fait longtemps.

Il le sent tout ce temps, soudain. Il ne peut plus bouger. Michelle parle. Elles attendent pour une prise en charge aux urgences pédiatriques. Elles ne sont pas prioritaires, Lou s'est cassé le nez, enfin c'est une expression elle n'a rien de brisé semble-t-il, alors elles attendent là, c'est tout de même plus. Plus. Plus. Elle ne trouve pas, elle renoue avec l'habitude de laisser ses phrases en l'air pour que lui les attrape.

Il dit : plus joyeux.

C'est ça, plus joyeux et plus calme. Elle dit qu'elle a bien fait, la preuve. Si Lou ne s'était pas cassé le nez, elle, elle ne.

Il dit oui.

Je ne me suis pas cassé le nez, s'insurge un peu l'enfant. Alors pourquoi tu dis que je me suis cassé le nez.

Et Ariel répète en souriant alors. Pourquoi tu dis qu'elle s'est cassé le nez. Ta fille dit que ce n'est pas elle qui s'est cassé le nez. Et pour répondre Michelle rit et lui prend la main qu'il laissait traîner sur le banc, près d'elle. Il insiste, c'est son métier, et surtout ça lui évite de tourner de l'œil. Sur quoi tu t'es cassé le nez, toi, récemment ? Michelle rit vraiment. Lui aussi et, dans le doute ou par nature, la gosse rit aussi.

Ariel serre cette main au cas où elle lui échapperait.

Mais Michelle semble avoir oublié sa main, tout appelée par la réponse à donner. Elle s'est cassé le nez sur son vague projet de retour à l'ordre. Un retour à la normale.

Il s'empêche de dire à l'anormal ? ça finirait par tourner au sketch et puis, c'est bon elle sait.

Elle s'est cassé le nez sur cette idée de retour à la maison, mais ce n'est déjà plus récent. Depuis elle a retrouvé un autre appartement, elle travaille à un livre, Lou auprès d'elle les deux tiers du temps. Elle dit regardez, en découvrant ses avant-bras, une peau de bébé. Elle s'est refaite comme on dit dans le. Elle est refaite quoi.

Ce n'est pas ça alors, sourit encore Ariel, réchauffé, vivant.

Non ce n'est pas ça. Lou est tombée pour une autre raison.

Il faut parler pour entendre ce qui roule dans les voix, ce n'est pas tous les jours. Michelle a une amie, dit-elle, qui pense que tout s'orchestre d'en haut.

Ah oui ?

Oui elle, Blanche, dirait que Lou s'est blessée pour mener sa mère aux urgences, elle dirait cherche pas. Ariel tremble un peu, le manque de magnésium tout ça. Il oppose, pour tenir encore la rampe, que les urgences sont par définition le contraire du rendez-vous. C'est intéressant.

En quoi ?

Il ne sait plus. On s'en fout.

Il veut simplement tenir cette main le plus longtemps possible, tant pis pour les malades, qu'ils aillent eux aussi se faire aimer ailleurs.

Alors,

Remerciements

L'autrice remercie Stéphane Habib, philosophe et psychanalyste, pour sa précieuse contribution documentaire au personnage d'Ariel et pour ses relectures.

Cet ouvrage a été composé
par Soft Office à Eybens
et achevé d'imprimer sur Roto-Page en juillet 2025
par l'Imprimerie Floch à Mayenne
pour le compte des Éditions Stock
21, rue du Montparnasse, 75006 Paris
stock@editions-stock.fr

PAPIER CERTIFIÉ

Stock s'engage pour l'environnement en réduisant l'empreinte carbone de ses livres. Celle de cet exemplaire est de :
450 g éq. CO_2
Rendez-vous sur www.editions-stock-durable.fr

Imprimé en France

Dépôt légal : août 2025
N° d'édition : 01 – N° d'impression : 107308
71-51-3427/5